You've Moved On,

I'm Still Here

炎茗 著

你走得很快——
我好得很慢——

如果他一直跟你若有似無，卻沒有任何明確想在一起的意思，
說明了，你只是被用來打發時間。

「真正喜歡的東西，不會放在籃子裡還再三猶豫。」

他一直說你很好也喜歡你，卻不跟你在一起，
因為那個好與在一起是兩回事。

他如果真的想跟你在一起，
就算你什麼都不好，也不會成為他不想在一起的理由。

有些傷口看似好了，
只是假裝自己痊癒，才能不被討論。
一旦不小心被揭開回憶傷疤，
也會再一次復發，不斷的滲出血來。

RAFFLES
TAILOR

感情最怕沒有分寸感、界限感。

一旦越界了，
不管是接近你的那個人，
還是被接近的那個人。

沒有拒絕，等同於親手毀掉自己的愛情。

走過撕心裂肺，
就不要再走回頭路了。
沒有人知道這條路你走得多辛苦，
才找到一點微光。

「我發瘋拚著命愛你的時候，你不愛我；
當我不再愛你的時候，你又積極的想回來愛我。」

人生就是這樣，當你越想要得到一個什麼時，越得不到。
但你決定不要了，它又會自動出現在你面前，
可惜再也找不回當初很想要的感覺了。
很多愛不在當下，為時已晚。

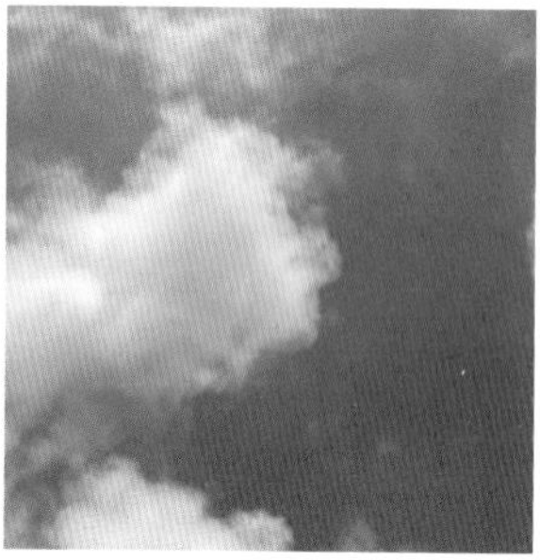

是我不好，是我不願意放手，
才會讓很想離開的你，勉強留在我身邊。

你在別人懷裡，你沒有錯，
是我自己硬把你留在我身邊。

沒有顧忌我的心情，你也沒有錯，
因為是我自己卑微可笑的不肯走。

WRITING MACHINES
The Caligraph
Typewriter
REMINGTON
Woven into the Fabric of Trade
The Remington Typewriter
Indispensable to it
Inseparable from it
ELLIOTT BOOK TYPEWRITER

「你什麼樣子我都喜歡。」
不用刻意討好，在我身邊你就是最好。
任何你覺得身上的缺點，都是我認為可愛的樣子，
不會被討厭、也不會減少愛的成分。
因為我喜歡「你成為你自己」。

目錄

目錄

painwords.yan

不想確認的關係

都等於沒有關係。

「我今天有空，要不要來我家？」

他跟她見面總是以這句話為開頭，我有個客人就一直深陷這樣的關係中，**她的愛總是從身體開始**，每次算牌問的對象都是不同男人，總想要在這其中找到一個真心愛她的人。

追她的人很多，不缺乏追求者，但總是以慾望為前線，他們所認知的一見鍾情，其實是肉體的兩情相悅，並沒有想要進入一段關係的想法。意思是指每段關係的開始，都只是不想負責的情愛訴求罷了。

她說：「我真的很喜歡他，但他好像還沒有做好談戀愛的準備，每次問他我們是什麼關係？他總是說：『我還沒準備好。再看看吧！』」

其實答案很明顯啊，我跟她說：「一開始他就沒有這個打算，未來也不會有。」

你在他心中的定義就是慰藉肉體的角色，沒有真心。很少人會從肉體關係轉變成情人關係，幾乎沒有，不要想著自己是那個萬分之一，該想的是，未來不該再用這樣的方式，走上這樣一段以為會變成戀愛的路，否則只會離遇到「對的人」的可能越來越遠而已。

「還沒有準備好，另一種含義是，我沒有那麼喜歡你。」

面對一直不想確認關係的人，你還想要彼此確認什麼？

她不死心的猜測，會不會是因為對方之前感情受傷，不相信感情，所以現在不想談？「雖然他工作很忙，常常沒有接手機或直接消失，但忙完都會主動找我，見到我時，眼神裡都充滿愛的感覺，我不相信他不喜歡我耶！我們聊天也會聊好幾個小時，不喜歡一個人不會這樣吧？」

我說，你找他都沒空，他找你都有空，你就被他吃死死啊！想一想，他都只是有需求的時候才會找你，**不是有愛的眼神吧，是慾望的眼神才對。**聊天不是什麼喜歡的證據，上床都不能代表什麼了，更何況聊天。如果他真的喜歡你，你不會猜疑，更不會一直說服自己——他只是還在療傷，不是不想跟我在一起。

想起影集《華燈初上》，江瀚對蘇慶儀說過的渣男語錄：「我是不是讓你誤會什麼了？我們兩個，不就是安慰彼此寂寞的人嗎？」

大學時期蘇慶儀就非常喜歡江瀚，她以為他終於看見自己，想不到只是利用她對他的喜歡，從頭到尾都是在玩弄她而已。明明知道可能會撲向火，還是義無反顧的奔赴。**當局者迷。因為太喜歡，容易盲目、容易失去判斷能**

力，**最後滿身傷。**

我們在感情中很常會為對方找理由，因為他如何，所以怎麼樣。只是不想承認自己在對方心中的地位是隨時可以被取代罷了，或許也不是取代，是對方根本壓根沒有把你當回事。

時間久了，你也就混亂了，不懂你們之間該做的都做了，那現在是什麼關係？以為時間拉長了，他就離不開你，就會跟你在一起。但離不開你，不代表是喜歡你，或者是想要在一起，可能只是能滿足他某種渴望需求罷了。

這些日子，你想他的時候，他不一定有回應，但他找你的時候，你會馬上答應。這是一種不對等的關係，他在上你在下，因為你喜歡他，他就想用你對他的喜歡，對你予取予求，**可是說到承認關係呢？終究不了了之。**

你跟他是什麼關係？他總是回答：還沒有準備好。

到底多久時間是準備好？一年、三年、五年？根本沒有這一天。

他如果真的喜歡你，一刻都等不了，不會把你當作隨時召喚的對象，而會好好珍惜。**不確認關係的關係，都等於沒有關係。**

▩

青春有限，不要太執著浪費在一個人身上，如果他真心愛你，當然值得，但連確認關係都顧左右而言他，他充其量就把你當成床伴而已，沒有交往就可以上床了，為何還要交往呢？多此一舉。可以得到並不用負責，任誰都很樂意。

感情要一步一步來，一點一點培養，「慢」才能看出真心，才有機會遇到真心想要經營感情的人。

好的感情不急，急了只會可惜。

painwords.yan

...

用謊言成立的愛情，

最後也會以謊言結束。

曾經和一個滿嘴謊言的人交往，她的工作跟我一樣都是廣告相關，因為工作接洽開始熟絡，久而久之就產生好感，也談論了很多彼此感情上的過往。她很心疼我因為喜歡同性受了不少苦，我也心疼她總是遇到不好的對象。那時她跟我說，她現在是單身。

只是每次晚上聊天聊到一半，就會突然消失不見，若即若離的行為，讓我內心充滿不安焦慮。最後她跟我自白，她跟男友其實還沒分手，但男友對她不好，對男友已經沒有愛了。只是因為沒有一定要分手的理由，無法輕易切割，只好表現出一副受害者的樣子。雖然很喜歡我，但要我不要等她，因為她不知道何時才能離開他……

我說：「我可以等你。」

一開始就掉入陷阱，好像著魔了一樣，或許當時的自己也有很大的問題吧。以前的我根本不可能會接受這樣的感情。

某天她突然給我驚喜，南下來找我，直接出現在我家樓下，讓我完全無法招架，給了我意想不到的驚喜。從來沒有人會這樣對我，讓我直接深陷，忘記了道德與界限。

後來，有一天半夜她突然打給我，說她發現男友劈腿了，已經直接分手了。我心中大石如願放下，她終於自由了。

「謝謝你沒有放棄，我才沒錯過人生中最重要的你。」在電話的另一頭，她對我如此真誠，而我淪陷在她說的每一句話裡。

「做不到的人，往往最會給承諾。」

後來我們順理成章交往了，一開始她對我非常好，好到有點不真實，原來這樣的不真實，其實就已經在告誡我，天下沒有那麼好的事。

她說：「以後你就是我的責任，我們都不會再是一個人，而是『我們』。」

她把與我的未來描述的讓人心動。交往一陣子後，我發現彼此的金錢觀、價值觀都有很大的落差，多數事情我都無法認同。因為遠距離，每次見面的高鐵費、吃喝玩樂、住宿費用等都是龐大的開銷，數個月累積下來太可觀，負擔逐漸沈重，她卻不以為意。

因為愛她，覺得沒關係，因為感情是互相的。

我們會習慣看彼此手機，但我好幾次發現她的手機對話紀錄都會刪得很乾淨。

「為什麼要刪訊息？」我問她。

「因為我要來找你，所以只要有朋友傳訊息要約我出去，我就編理由騙他們說，我沒空，要忙工作什麼的。但我本身很討厭說謊，所以我就會把跟他們傳的聊天訊息直接刪掉，這是我的習慣。」

「是喔，好吧！」我也不再懷疑。

愛得有點盲目了，相信她說的一切，即使有太多不合理的地方，也不願面對她其實是一個「說謊成性」的人。

漸漸的，時間一長，她開始常常說她要忙工作，回我的話越來越冷淡，患得患失的焦慮感，讓我有點情緒。我試著想要解決問題，她卻無預警提出分手。像瞬間被打破的杯子，我的心支離破碎。第一個說要跟我一起有未來的人是她，最後輕易想要結束關係的也是她。

「越容易讓你感到幸福的人，越容易把你一腳踢開。」

我不知道自己做錯什麼，只是一直求她不要走……那時的卑微，直到現在都忘不了。我不知道為什麼自己會變成這樣。

「我就是要分手，我不要了，不要逼我說難聽的話。」

那時猜不透為什麼，我一直都沒有變，你曾經說就喜歡脆弱的我，現在卻說我的脆弱是你不喜歡的。

「一切都是循環，一個謊言的循環。」

直到有一天我發現，原來她早就有新歡，才會很快的把我甩開，她用和對待我一樣的套路跟對方說，以後不會讓他是一個人，她會負責。

原來她每段感情都是一直不斷找備胎，膩了，就用複製貼上的對話模式再談下一段戀愛。讓對方以為他是你的全世界，直到對方全心投入，再像對待殘餘的餅乾屑一樣，拍一拍，頭也不回。

她甚至背地裡跟朋友說，因為我是恐怖情人她才會選擇分手。**把我變成糾纏不清的前任。**自導自演，讓大家誤以為你真的很好，我很恐怖，真應該頒個最佳女主角給你。

劈腿劈的名正言順，沒有羞恥感的演出深情。

那時你跟小三的感情還沒成熟，知道我離不開，故意讓我以為我還有機會與你復合，不斷陷入患得患失的不安裡，才知道這是你的預謀，等都安頓好你的計畫，也漸漸忘記對我的愧疚感，幾個月後，正大光明的公開你跟小三的關係。從開始到結束都是你說了算，而我只是你的棋子，任你擺布。

分手後還在背地裡毀謗、造謠的人，

就算錯的不是你，也會被他訴說成你有多惡劣，
想要把分手的責任都賴在你頭上，
實際上都是他一手策劃的結局。

▒

經一事長一智，後來我偶然看到她在網路平台上依然用一樣的模式，讓對方覺得自己挖到寶，竟然可以遇到那麼好的人。我也不想戳破，只是冷笑一聲，將她放進封鎖名單。一個一開始就會騙你的人，必須用更多的謊來圓自己的謊，她享受狩獵的過程，等你全心投入後，再狠狠拋下，瀟灑離去，留下痛苦不堪的自己，無法自拔……

「我不挽留了，你可以走得順心一點，
祝你往後的快樂都缺了一角。」

人在沒自信與脆弱時，很容易陷入對方虛擬的藍圖中，好聽話誰都會說，能做得到的又有幾個人？

失戀過程就像走了一趟地獄，每天活在食不知味的空洞裡，也感受不到快樂，無法想到讓自己快樂的方法，閉上眼都像是往下墜的懸崖，深不見底。只想把自己關起來，誰也不想見，那個過程很黑暗、很恐慌，就好像世界末日，無依無靠，也無法像跌倒了就直接爬起來那樣簡單。站起來的日子很漫長，但熬過了那段煎熬的日子，你會試著讓自己跨出第一步，去認識新朋友，試著一個人去旅行，會願意跟朋友說真心話，願意花時間在自己身上；學習自己喜歡的東西；看自己感興趣的書或展覽，讓自己的狀態慢慢的從乾枯的花朵蛻變成美麗自在的蝴蝶。

當你不再去回顧過往，更多的是，不再輕易想起那些生不如死的肝腸寸斷，會發現原來沒有**過不去的結，只有不想面對的恐懼**。

你以為永遠過不去的感情，則會隨著時間從你生命中抽離。

painwords.yan

原生家庭的傷害，

就像是每天做著相同的惡夢，

無法根治。

「畜生！」爸爸激動的在飯桌上對小梅說，還打了她一巴掌，巴掌打在她臉上，破裂在她的心上。

「你根本不是人！」小梅壓抑著眼淚，怨恨的說出這句話。

小梅的爸爸是個渣男，有了家庭還不檢點，身邊的女朋友多不勝數，就算知道有老婆小孩在家，對他來說，也並不是他要放在心上的責任。他們家在香港經營老字號花店，收入時好時壞，但被爸爸一直玩女人敗光了不少錢，原本有留一筆錢要給小梅念大學，結果爸爸被外面女人騙財，騙走了所有錢，而後渺無音訊，再也找不到人。

小梅少了這筆金援，從此再也無法念大學。小梅媽媽個性比較傳統，就算老公做錯事，也是睜一隻眼閉一隻眼，不敢反抗老公，所以當小梅受到委屈時，媽媽也從來沒有站出來幫她說話，反而靜靜的看她被爸爸羞辱挨打，這也是小梅漸漸變得偏執的原因。

得不到對等的感受，失衡的天秤，終究讓自己的理智走向滅亡。

她不懂，為什麼要被這樣不公平的對待？爸爸把全部的錢拿去給別的女人，就要犧牲她的未來前途，不能繼續升學。小梅恨爸爸，也討厭媽媽，媽媽的軟弱，是她從小到大感受不到愛的原因。

「有些傷痛日以繼夜，沒有停止的一天。」

爸爸的惡行，媽媽又睜一隻眼閉一隻眼，沒有人替她說話，沒有人在乎她的感受，彷彿她的存在只是一個「不該存在的存在」。

只要她不合爸爸的意，就會罵她、打她，有時候她會想，如果她是爸爸外面那些女人，是不是就不會被打，也不會被阻礙未來、更不用為了錢煩惱，不用被犧牲來成全爸爸的自私。

小梅的個性開始變得扭曲，不再相信任何人，變得得理不饒人，這是她保護自己的方式。她瘋狂努力賺錢，在自身工作領域上優秀展現，想要逃離原生家庭帶給她的傷害。

「以為遇到了能治癒傷痛的人，再裂的傷口卻讓傷痛更肆無忌憚。」

小梅與對象交往十年，她是她安心的歸屬，只有在她身邊，才能覺得自己是被愛的。也以為未來她們之間會有很好的結果。這段感情沒有上天的眷顧，對方突如其來的分手原因，讓她措手不及。

「你喜歡的是女生，但我要變性成男生，這跟原本你喜歡的性別已經不一樣，所以我們分手對彼此比較好。」對象語重心長的說出這些話。

「我愛的是你這個人，就算你生理性別變成男生，我還是愛你啊！你手術後傷口也要有人照顧吧？我怎麼可能放你一個人，我們在一起十年，你怎麼可以說放就放掉我們的一切呢？」小梅從來沒想過她們會分開，心臟衝擊到像刀子一道一道割著動脈，半死不活。

他想離開，絕對不是臨時動念，都是計劃好才會出擊，然後再表現出「分開對彼此都好」的順勢而為，冠冕堂皇的離去。

分手後，對象馬上無縫接軌跟另一個女生在一起，不到半年時間，就以「男生」的身分娶了另一個女生。小梅才恍然大悟，他所謂的「對彼此都好」，只是為他自己好。她還想著他們的未來，還想著怎麼挽留，但他正在計畫跟別人的未來，好諷刺。

「很多的好，都是一開始，
時間久了，那些曾經的好，
都變成『你很好，是我不好。』」

十年的青春歲月，小梅好像什麼都擁有了，又好像從來都沒有擁有過。從不被愛到被愛，再從被愛到不被愛，傷口就這樣反覆撕裂，癒合再撕裂，像一個齒輪，不斷輪替翻攪。家人對她的傷害、愛人對她無情，生命的殘缺，讓她徹底封閉自我，心也永遠關閉起來。

有些傷，如果真的好不起來、開心不起來，沒關係，就先保留這樣的自己。不用勉強跟誰交代：沒事，我不難過了。

一切都急不來，也不用設定期限，最該在乎的，是「自己」的感受。

「腳踏兩條船」與「無縫接軌」最大的不同，

是「同時進行」與「後面加入」。

一個是一次擁有兩個人；

一個是在還沒分手時，就已經與另一個人曖昧或接觸，

再完美的切割原本的感情。

本質上，都是「劈腿」。

「還是想不透，昨天說著愛，今天就不愛了。」

其實早就不愛了，在這場關係裡，
食之無味、棄之可惜，就先放著。

等到時機成熟了，直接抽身離開，
剩下完全無預警的你，不知道做錯了什麼？

不要對一段關係太有把握，
在一起時間長短，不是衡量永遠的依據。

painwords.yan

不想當壞人，

也不會看起來像個好人。

有好長一段時間，我都是半夜兩點鐘醒來，像鬧鐘一樣準時，習慣性的看了一下手機，訊息畫面依舊停留在我留下的：「還在忙嗎？」卻得不到男友任何回應。

突然間，累積已久的壓抑，頓時潰堤，心中失落感、崩潰感湧上心頭，開始不爭氣的掉淚，哭了不知道多久的時間，渲洩自己這些日子以來體諒他的忙碌，心中越來越空洞，甚至忘記自己還在談戀愛。

你說你在忙我可以諒解；無法即時回訊息我也可以諒解；你累到睡著我也一樣可以理解，但忙的背後，感受不到你對我的關心、沒有任何一點分享慾、沒有感情的例行公事對話或甚至不想對話，每個男友忽視的過程都是刀刃，不斷回想自己哪裡不夠好？這些日子是不是有讓他不開心的地方？表面上是在一起，實際上都比普通朋友的聊天還不如。

「冷暴力，是感情中最致命的。」

「今天還好嗎？」總是我先開頭說話。

「嗯。」你不帶情緒的回答。

「吃飯了嗎？」

「嗯。」

「我今天去逛街看見你喜歡的那家烘培屋，還是大排長龍耶……」

「嗯。」你依舊沒有更多的反應跟情緒。

「後來經過我們第一次約會的書局，裡面的音樂還是放著六〇年代的復古歌曲，想起那時候你對我說的告白……我居然難過到想哭……」我其實已經講不太下去，眼眶已經泛淚。

「嗯。」你開始有點不耐煩的回應。

你每個回應都是「嗯」，讓人好火大，我一直深呼吸告訴自己，你只是因為忙才會這樣；你不是不想跟我講話，而是工作太累了。

我越想越委屈，直到情緒壓不下來瞬間爆發……

「我到底哪裡讓你不開心？你跟我說話好不好？」我大哭崩潰的問。

「不知道要說什麼？我要先去忙了。」你點了一根菸離開，漠視我的情緒。

「不愛了，從來不是瞬間的事，
都是蓄謀已久的全身而退。」

或許對他而言，連話都懶得跟我說，言語完全沒有溫度，也沒有在乎我崩潰以久的情緒，大哭過後，我理智線突然接上，原來你是想用冷暴力逼我離開、逼我分手，讓我有自知之明，好讓你毫髮無傷的離開，也不用當感情中先開口的壞人。

回想起交往期間種種跡象，你總是故意假裝不想說話，讓我一問再問，不能理解。忘記愛一個人的快樂、也忘記自己是誰。我努力回想你對我好的地方，但交往後面的反差使我一個都想不起來，甚至有點憎恨你這樣的行為。如果不愛就直接說，為何要把我逼得張牙舞爪？每天熱臉貼冷屁股，任誰都受不了。

「任何分開，都不該用冷暴力逼對方就範。」

最後我向你提出了分手，你一點也沒有猶豫就答應了，我知道這是你的陰謀，我也就順著這個陰謀，讓這段可笑的關係畫上句點。

分手當天還故意說：「是你要分手的，是你要的，不是我。我在這段關係裡沒有對不起你。」

原來你等我說這句話已經很久了，你只是不想當那個先說分手的壞人。

「是啊，我不要了，我不要在你的冷暴力中苟延殘喘。」

分手真相不重要，眼見不一定為憑，我也不想跟誰解釋。結束關係後，我突然覺得好輕鬆，所有關於你的一切都不再左右我的情緒，我可以專注為自己快樂，也不用因為你的冷漠而陷入低谷、內耗自己。

在一段關係裡，假裝自己還愛著不會比較高尚，連不愛都還想要裝沒事的虛偽。其實可以直接把他設為黑名單，清空手機容量，讓他從你的世界裡完全消失。

有時不計較，是懶得計較，不是原諒對方，而是心疼自己，**他不疼你，有大把人疼你，他不珍惜，那也不可惜。**

你談了一場不像樣的戀愛。
每次都是你主動去找他，他沒有一次找過你。
每次都是你打電話給他，他沒有一次先打給你。
每次都是你先開啟話題，卻等不到一次他先開始。
他不喜歡報備，你努力說服自己：「這就是他！」
愛與不愛一目了然，還要假裝體諒「他可能只是不懂表現而已」。
不對等的愛情，不平衡的感受，答案早就在細節裡。

30
30

太愛一個人很容易失去自己，
其實並不介意失去大部分的自己，
是介意在這份感情裡看不到「快樂」的成因。

painwords.yan

...

每一刻的陪伴都可能是

最後的交集。

小時候我是被阿嬤帶大的，阿嬤是個很溫柔穿著旗袍的氣質美女。阿嬤的祖先是荷蘭人，姑姑與大伯都像外國人，堂哥他們也都是混血兒臉孔，我爸爸相對沒有遺傳到這麼明顯的混血兒長相，但還是有某些特質證明我有混血的基因。我從小上課都會被老師誤會說我有染頭髮，實際上，那真的是我原本的頭髮的顏色，很無奈，但也很習慣了。

阿嬤很喜歡縫紉，是她成就感的來源，她身上穿的每件旗袍都是出自於她純手工縫紉製作，一針一線極為細緻，不知道的人都以為是機器裁縫做出來的。我那時候覺得阿嬤好厲害，她的衣櫃裡有二十幾件不同款旗袍，都是她自己去找布料，自己親手量尺寸，剪裁縫製完成的。如果她有去參加比賽，我相信她一定會是前三名。

雖然阿嬤臉上有歲月的痕跡，但遮擋不住精緻混血兒臉孔的美麗。阿公去世的早，我看著照片上的阿公，長得很俊秀，很可惜沒有機會跟阿公相處，不然我一定會誇獎他：「阿公，你啾煙斗ㄟ（台語）。」哈！

聽我爸說，阿公那時候是非常厲害的生意人，有很多片土地，生活不愁吃穿。阿公為人老實善良，幫助過很多貧苦的員工，但曾經受到他金錢救助過的人，都裝作沒這件事也沒有任何感激，在阿公過世後，開始家道中落，不再有以前的風光。

阿嬤在發生那些事後，還是樂觀面對突如其來的變數，我的印象裡，阿嬤對每一個孫子都超疼愛，從來不會重男輕女的觀念，讓我從小在充滿愛的環境下成長。

每次她看到我，總是笑得很燦爛，露出整齊的假牙，煮豐盛好吃的、買各式各樣零食給我吃，如果不吃她就會用台語說：「你某愛呷，某愛疼你啊！緊呷！」意思是，你不吃，我就不疼你了！快吃！

「說著反話，卻有著最深的疼愛，是阿嬤的愛。」

在阿嬤的餵食下，我被養得白白胖胖的，減肥都減不下來。阿嬤本身很省吃儉用，但對孫子都超大方，每天下課回家都吃得都好豐盛，還有零用錢可以拿，現在想起來都會覺得我好幸福，有那麼疼愛我的阿嬤。後來她因病痛苦離開的時候，我一滴眼淚都哭不出來，感覺心空空的，不相信這是真的……

「阿嬤那麼疼你，你怎麼都沒有哭？」爸爸疑惑的問。

我沒有回答。

我一直都是愛哭鬼，阿嬤那麼疼我，一定會哭得稀哩嘩啦才是，但這次我眼神空洞，面無表情。後來才知道，最深的傷心，是哭不出來的；才知道，她的離開也把我一起帶走了。

「乖孫ㄟ～」想起阿嬤的聲音，我才開始大哭起來……哭了好久好久……

「上一秒還在，下一秒不在。」

阿嬤的笑容永遠都會在我心中。以前只要我想吃什麼，她就會每天都買給我吃，怕我餓肚子、怕我吃不夠。我想買什麼零食，就會跟阿嬤拿十元說要買餅乾，她總會溺愛的看著我，從口袋掏出十元給我。有阿嬤的孩子像個寶，希望她在另一個世界跟阿公都能幸福快樂，也希望她想我時，可以來夢裡看看我、抱抱我，再跟我說一次：「你某乖，某愛疼你啊喔！（台語）」意思是，你不乖，我不疼你了喔！

她離開將近快二十年的時間，直到現在，我只要看到很像我阿嬤的人，不管在賣菜還是賣口香糖，我就會過去跟她買，希望讓她們早點回家，年紀那麼大，這樣辛苦風吹日曬，讓人很捨不得。只願每個心中珍惜的人，都能健康平安，長命百歲。

許多來不及都以為還來得及，
很多再見都還以為還有下一面。

世事無常，
抵不過「毫無心理準備」的變數發生。

珍惜每個可以珍惜的當下。

painwords.yan

...

有些人拿著不屬於自己的東西，

拿久了，就想佔為己有。

原本在我出生前，家裡的經濟狀況是很不錯的，可惜好景不常，阿公早逝，從原本富裕擁有好幾塊地的地主，轉眼間失去了所有地產。

阿公是做出口貿易代工廠，專做皮件類外銷，白手起家賺了不少錢，在那個年代，算是能呼風喚雨的人物，氣場強大，但脾氣很好，樂善好施，對於窮苦的員工都是慷慨大方，他們想要借錢，阿公眼睛都不會眨一下，借據也都沒有寫，直接借款給他們，阿公覺得，能幫助別人是自己有能力，很多人生活都過不下去，他盡可能的幫忙，那些員工的生活品質也越來越好。

幾年下來，這些借款加總起來大概有新台幣五十萬左右，在那個年代，已經可以買兩、三間房子，阿公也是完全沒放在心上，對於員工是完全信任的。

後期代工廠外銷遇到政府政策改變，需要縮小廠地，禁止外銷，導致生意日漸衰落。阿公這時已經開始生病，每天都失眠難熬，為了想要解決生意越來越差的問題，他求神拜佛非常虔誠，卻不幸遇到高端神棍妖言惑眾，說了一些話術，指名要阿公把他原本擁有的土地，分給那些窮苦員工「暫時」居住，說可以改變工廠的整體運勢，再度讓生意風生水起。阿公想都沒有多想，也沒想過會遭遇到的風險，就答應了。阿公答應的其中一個原因，是希望他工廠裡的員工都能夠一直有飯吃、能領到薪資，不然大家都要養家糊口，不忍心資遣他們，也相信他們的為人。

「**有時候太善良，會讓那些不擇手段的人，毫不費力踩在腳底下。**」

結果，全部都是一場騙局。阿公去世後，全部的土地都變成別人的，那些人也不承認這些地是暫時借給他們的，就這樣，土地所有權死無對證，一輩子的辛勞付諸流水，阿公的輝煌時代也正式結束。

該說阿公傻嗎？可能那時候被錢逼到了，生病也失去判斷能力，以為事業會因此有轉機，想不到最後都是人性背叛的險惡。

有時候你對別人有恩，他們反倒覺得那是你自願的。

阿公因病離開後，最大掌權者不在了，家中還是需要一點金援，堅強的阿嬤只好去向以前與阿公借錢的員工討錢回來，心寒的是，他們翻臉不認帳，還把我阿嬤趕出去，擺出那種「人死了，也追究不了，你奈我何的態度」。

爸跟我述說這個故事的時候，他很生氣，跟我說：「太善良不是一件好事，只會被當軟柿子踩。」如果人生可以重來，他一定會阻止阿公借錢給他們，不然阿公過世後都不知道那些他曾經幫助過的人有多惡劣，沒有一點感激。

「沒有後盾，只好奮不顧身的奮鬥。」

媽嫁給爸爸之前，家境也很好，沒有吃過什麼苦，結婚算是門當戶對，結果發生那些變數，不得不收起她的體面。我跟哥哥那時年紀還小，她不得不開始做三份工作養活我們，爸爸也放下公子哥身段，開始做搬運工，下班後的時間都是爸爸在照顧我跟我哥哥的生活。

之前家裡為了省錢，有一段過渡期，我們每天的晚餐，就是拿中午的營養午餐剩菜剩飯回來吃，味道不好吃還有點酸掉，但仍會硬著頭皮吃完，我們沒有抱怨，知道眼前的不吃，我們就沒有東西吃了。

雖然生活每天辛苦，但他們給的愛，都讓我們覺得心不苦。

我從小跟阿嬤最親，但爸爸最疼愛我，有時任性想要吃什麼，他都會盡量滿足我的要求。跟媽媽相處時間很少，可是媽媽也會在忙完三份工作，半夜回來的時候，小心翼翼的把我叫醒，拿她買的新衣服給我試穿，我總是睡眼惺忪穿好，媽媽都會說：「真好看！」這是我們唯一可以相處的時光，也是媽媽愛我的方式，那時我才四、五歲。

雖然那時候我不太懂，為何不等我醒了再讓我穿新衣服、再跟我多聊天，非得要半夜。但我從媽媽的眼神裡看出，她有多珍惜這個時光，想要讓我知道，就算她忙著工作，但對我的愛，也不輸給爸爸。

夜晚很長，媽媽愛我的心很暖。

「有時候言語的刺傷，比尖刀劃過身體還難受，尤其是自己的家人。」

成長歲月裡，我跟哥哥都很懼怕媽媽，她容易對我們發脾氣、也容易遷怒我們，她會因為工作太過勞累，對我們大發雷霆，講一些尖酸刻薄的話，說自己怎麼那麼命苦，怎麼會嫁給我爸？要照顧我們都在無止盡花錢，覺得我們是她生命的累贅，話中有話、酸言酸語，導致那時幼小的心靈受創。

本意是關心，講出來的話卻是天差地遠的難聽。

高中我讀外縣市，有一次我騎著腳踏車過地下道，錢包不小心掉在半路，馬上發現要回去撿，結果不到一分鐘的時間，錢包就被撿走了。我超焦慮緊張，馬上打電話跟媽媽說我錢包掉了，她第一時間不是說，怎麼那麼不小心？而是說：「你那欸加破格？破格雜某！（台語）」整體的意思是說：你怎麼會那麼犯賤？犯賤的女人！

我嚇到了，掉錢包就要被講得那麼難聽，好委屈，當場大哭，這件事情我到現在都無法忘記……就算過了二十年，那個後座力還很強。媽媽很常不經意說難聽的話，但她都是有嘴無心，說完就忘了。

她很快會當作什麼事都沒有，去買我喜歡吃的東西給我吃，又變成溫柔的樣子對我好，我每次都會想，她是不是有精神分裂，時好時壞，大起大落。

「

有些話，說出來了就要負責，

有些傷，不是沒去理會，就能回到完好無缺。

」

很多人的媽媽好像都是這樣，總是刀子嘴、豆腐心。我知道媽媽是愛我們的，就是嘴巴真的太壞。

可能被錢逼急了，無意識講出傷人的話；可能壓力太大，還要負擔我們學費變得口無遮攔；可能用言語發洩在我們身上是她唯一的渲洩管道，我們就像不會發聲的出氣筒一般，讓她放肆的怒喊。

每當這個時候，爸爸都會出面當和事佬，或在我被媽媽言語傷害，躲在房間痛哭的時候，他也會進來房間跟著我一起哭，幫媽媽講話：「她是太累了才會這樣，是無心的，別放在心上，媽媽還是愛你的。」爸爸還會自嘲說：「我才可憐吧！被罵了那麼多年，我找誰去哭？」

我破涕為笑，謝謝有你在背後支撐我，讓我在漆黑中，還有強而有力的燭火，在為我點亮著。

每個人表現愛的方式不一樣，表現不好，不代表不愛，
這是他定義對你好的方式。

或許言語跟作法不見得合乎常理，
但都是他努力給予的「盡心盡力」。

painwords.yan

我們相愛，所以有錯。

在澳洲蔬菜工廠打工時，認識了一個女孩，她很容易被逗笑，笑起來有梨窩，那時我剛好有情傷，被她的單純跟笑容打動了。在澳洲的日子，除了工作之外，剩下的時間都是自己的，我們有很多時間相處在一起。在一起的時間都很快樂。她沒有談過戀愛，因為家裡很嚴格，念書時爸爸每天上下課準時接送，工作時下班就要準點回家，沒有例外。也就是這樣的關係，身在澳洲成為難得的自由，雖然每天需要跟家人視訊好幾個小時，就算她不說話，還是要把手機放在旁邊讓家人看她在幹嘛。那時我很驚訝，他們家對她的控制欲真的好強烈。

她的人生都在爸媽的操控下。我比較勇於冒險，她比較內向聽話，我跟她說，難得來到澳洲，就該好好享受國外的一切人事物，不是只有工作一個選項，都要去體驗才有生命的意義啊，不然多可惜啊！

之後帶她去了很多地方，看了很多風景，在某一天約會過後，我問她：

「要不要跟我在一起？」

「我應該……喜歡的是男生。」她停頓了一下說。

「我在乎的是……你喜不喜歡我？」

「嗯……喜歡。」她有點不知所措的回答。

「喜歡，是喜歡這個人的靈魂本質，跟性別無關。」

我們就這樣在一起了，但時間不長，就被她也一起來澳洲打工度假的哥哥發現我們的關係，他直接跟台灣家人說我跟她的事，他們家完全不能接受同性戀，甚至是反同，那時第一次被迫分開，她假裝表現冷漠說：「我沒有喜歡你，只是我錯覺以為是喜歡，其實不是。」

因為家人不能接受，所以我們不能相愛。
因為是同性戀，所以我們有錯。

回台灣後，我們還是繼續偷偷的在一起，一個月只能見兩次面，不然會被家人發現，雖然很艱辛，但只要見到面，難熬的日子都會暫時忘記，我們很珍惜可以見面的時光。直到兩年後再度被發現，她家人反應更誇張，非常不能接受，要她跟我斷聯從此不聯繫，她家人一哭二鬧三上吊的威脅，那時候的我還是想要賭一把，看誰堅持到最後誰就贏了。

「不是堅定，就可以換來幸福；
也不是用時間證明，就可以被接受。」

只要我是「女生」，怎麼努力都是空談。

後來發現，不是賭不賭的問題，無論我多真心，我們多相愛，也克服不了他們家不能接受同性戀的事實。就像很多家庭一樣，「別人家的小孩是同性戀沒差，但我家的孩子就是不行。」她沒有勇氣去爭取，在他們家，家人的控制欲是難以想像的，想要離家獨立簡直是天方夜譚。她每天都在我跟家人之間拉扯，這樣來來回回經歷了三年多，她累了，我也痛苦的決定放她走。

最後一次確定分開，她說：「很多時候我都在想，如果我爸媽都不在了，我們就可以在一起了。跟你在一起很快樂，你是女生很好，但不是男生，我們家注定不會接受。」我聽得很難受，結果只有她爸媽不在了，我們才能正大光明的好好交往，她強忍難過跟我道別。

「不是不相愛，是不能相愛，也沒有『權利』相愛。」

她決定跟我斷聯，怕看到我的消息會難受，斬斷我所有可以找到她的管道，斷聯前，她傳了一首周興哲的〈如果雨之後〉，要我去聽歌詞，說是最後送給我的一首歌，所有的不捨與堅持，在這一刻正式畫下休止符。

每個人心中，都會有一首聽到前奏就會顫抖，聽到副歌就會流淚的歌。

聽到這首歌的歌詞，眼淚止不住……靈魂好像被掏空了，也像是我們感情的寫照。「我只想說，我認真地愛過。兩個相愛的人究竟犯什麼錯，需要愛得如此折磨。我，是深深地愛過，你在我的心中，從沒有離開過……」

每次想起過往，都會好傷心，只希望她遇到下一個人，都能夠符合她家人的「標準」。也希望有一天她能不被家人所控制，可以自由選擇自己喜歡的人，不用活在「**因為喜歡誰，而愧疚的牢籠裡**」。

愛一個人沒有錯，愛上同性別也沒有錯。很慶幸現在台灣同性婚姻合法化，讓真心相愛的人，都能不被傳統思維所牽絆，勇敢的去愛。

希望每個相愛的人，都可以一直幸福、很幸福，不再讓遺憾跟錯過悔恨終生。

painwords.yan

有些人表面上斯文正直，

背地裡卻是衣冠禽獸。

小時候的我很調皮，太愛往外跑，對人沒有戒心，總是遇到很多很多的「變態」，在以前那個年代，沒有手機可以即時通訊，遇到困難也只能靠自己想辦法解決。騎腳踏車時，曾遇到露鳥俠展示，或是有人從我身邊騎機車過去抓我胸部，以至於後來我騎車時，只要聽到機車聲在後面跟隨，就會緊張得瑟瑟發抖，怕對方會又有襲胸的動作。

去修理腳踏車時，遇到變態阿伯，從我身後偷襲我，兩隻手揉我胸部說：「妹妹，還沒有長大餒。」然後再用力揉兩下。當下只能愣住，害怕得不敢出聲，心理狀態常處於崩潰邊緣。

等公車時，也常遇到變態，特地停下來想要摸我或對著我打手X，每天都活在恐懼中，導致從小就有陰影，又不敢跟家人說，怕他們擔心。這些不過是我遇到變態的冰山一角，要不是爸爸和哥哥對我很疼愛，我一定會有厭男症，甚至是希望男生不存在。

「有些事不是淡忘了，而是害怕再一次掀開記憶。」

記得在我國小一年級的時候，那時放學我跟同學還留在學校玩耍，玩到忘記時間，看到校門口有一個看起來像是老師的年輕男生，高高的、斯文白淨，戴著粗筐眼鏡，絕不會想到這樣的人會是衣冠禽獸。我過去禮貌詢問現在幾點了，他看了一下時間說：「已經四點多了，你們怎麼還在學校呢？」

我回覆說：「差不多要回家了，謝謝老師。」

他突然叫住我，要我跟他去學校一個地方拿東西，說服我不用害怕，他是老師。當時我年紀很小，想說老師應該不是壞人，就放下了警覺心。

結果他先把我帶到女廁去，脫我上衣，摸我幫我檢查身子，我那時候覺得很奇怪，這個行為是什麼意思？接下來才是一連串噩夢的開場。

「你好瘦喔。」他滿意的幫我把衣服穿上，我心想為何他的表情那麼奇怪？

跟我一起玩耍的同學沒有等我也沒有救我，她在廁所外看到我們出來，害怕的先跑回家了。我心裡也開始感到不安，但學校完全都沒有人，也不知道要怎麼離開才好。

「老師等等帶你去體育館玩遊戲，不會讓你太晚回家。」那時的我根本不懂玩遊戲深層的意義是什麼？只想著快點結束，可以回家。

他把我帶到體育館二樓雜貨間，要我先躺下，開始脫我褲子，他也把他皮帶褲子解開，脫掉後，他整個人都趴在我身上磨蹭，然後舌頭也伸進我的嘴巴裡，我把頭撇過去，說我不喜歡。他說好，遊戲快結束了。

接下來我就有點失憶了，只記得回家的路上，我兩腿內側都是黏黏的液體，非常噁心跟不舒服。我也沒有勇氣跟家人說，怕他們碎唸，直到國小四年級才驚覺：我會不會懷孕？開始不能接受，回想為何會經歷那麼不堪又變態的事。

過程中我只記得他舌吻我跟脫我褲子，其餘都想不起來，也許是大腦的保護機制，讓我忘記當下發生的情況，長大後才知道，這樣的行為是「戀童癖」。

還記得這件事發生的隔天，那位先逃跑的同學，跟其他同學說我跟男老師去廁所，大家都對我不甚理解，讓我心裡很受傷，明明是因為她先逃走，沒有留下來救我……我忍不住覺得自己全身都很骯髒，而我那時才不過六、七歲。直到升上國小二年級，開學介紹老師時，我瞬間頭皮發麻，實習老師就是當初對我下手的變態，還走過來跟我說：「好久不見。」在沒有證據也沒有監視器的年代，無法將他繩之以法，只能繼續活在那個害怕恐慌的校園生活度日，每天躲他躲得遠遠的。

說出這個經歷，只是想要告訴大家，沒有親身體會過他人痛苦時，不要輕易的說出「這其實還好吧！」、「你太小題大作了。」、「好玻璃心喔！」

這些話語都會摧毀一個人，對人性感到絕望，甚至出現想要輕生的念頭。因為不是當事人，事情沒有想像中簡單，也沒有想像中容易放下，很多事情是無法被原諒的。

「**不要用自己的道德標準，去衡量別人受過的傷、經歷的痛。**」

去正視你們愛的朋友、家人、愛人。如果童年有巨大陰影或人生中有遭遇可怕的事，不一定可以感同身受沒關係，但一定要將心比心，有時無聲勝有聲，靜靜陪伴、傾聽理解就很好。「愛」是所有問題的解決方針。

不要輕易把別人的傷口當成沒什麼大不了的事。
不要自以為是的說：「哎唷！都過去了」。
有些傷，不會結痂，
那些痛苦，是數以千計、數以萬計的深淵。

painwords.yan

找對象，千萬不要一時感動，
因為代價很大。

最近看了一部感觸很深的華語電影《消失的她》，電影情節是一個負債上千萬的賭徒，設圈套讓失去雙親的有錢人家女兒愛上他，做一些讓她很感動的事，賭徒故意表現得像靈魂伴侶一樣珍惜，讓她認為自己遇到了生命中的摯愛，因此幫他還掉所有的賭債，相信眼前這個男人對她的好是真心真愛。義無反顧的付出與他結婚，最後卻換來被他預謀殺害的命運。內容懸疑又反轉，最後一刻才恍然大悟，他為了得到她所有的錢，有多殘忍！

「他的愛只是那個當下，時間久了，自然原形畢露。」

社會新聞有很多案例，大多是一開始對方不停的給予你想要的愛，甚至了解你所有憂傷煩惱，他的出現就像是你生命中的奇蹟，充滿各式各樣你想要的愛情模樣。單身久了，容易被蒙蔽雙眼，以為這就是「真愛」，到頭來才發現，**他要的是你的所有，包括你的生命與全部財產。**

每一種在韓劇中深情歐巴的樣子他都有，就是要讓你為他赴湯蹈火的付出，百分之百的相信他，最後再把你吃乾抹淨，一點也不剩。還沒有好好了解對方的背景就淪陷，甚至不清楚他的交友狀況跟工作，他就說了一嘴夢想藍圖給你聽，全世界的美好都想獻給你。你從來沒有遇過像他對你那麼好的人，但他對你的好來得很快，甚至有點不切實際，實際相處花不到一、兩個月的時間，他就想要跟你有個家，想要與你建立婚約關係。這聽起來很浪漫，不過愛情發生得太快必有詐，一切都是對方精心策劃好的騙局，慢慢的讓你掉入溫柔陷阱中……

他看準你的內心盼望，想要好好的被人疼愛，長時間身邊過客來來去去，沒有人能走入你的內心，感情空窗。甚至懷疑自己不配擁有愛，內心寂寞孤獨。就是這些缺愛的特點，讓有心人士藉此趁虛而入，他不帶真心，戴著虛情假意的面具。

「放長線釣大魚，才能把『你的所有一切』連根拔起。」

那年花花三十二歲，母胎單身，由於她的身形較圓潤，每次想談戀愛時總差臨門一腳，最後又不了了之，一心嚮往美好的愛情，但又會感到自卑，覺得男生都不會看上自己，已經在心中設立了無法突破的自我框架，心思極度敏感脆弱。不過她工作能力出色，非常會賺錢，幾年下來也存了不少錢，是個名副其實的小富婆。

花花參加過不少聯誼活動，多次聊天下來都沒有人喜歡過她，她感興趣的對象也都喜歡別人，每次聯誼完後，其實都很受傷。後來在一次聯誼活動中，認識了一位對她很熱情的男生，花花覺得桃花終於來了！男生身高一百七十公分，穿著白T牛仔褲，臉部肌膚有一點點瑕疵坑洞，對花花一見鍾情，開始熱烈瘋狂追求她，不定期訂鮮花送去她工作的地方給她驚喜；她工作忙碌時，他就會買餐點給她吃；她月事不舒服，他就特地煮黑糖紅豆湯給她喝，每天訊息問候非常溫暖，花花發現原來「上天不是不疼她，而是要留給她更好的對象。」

她跟他相處沒多久時間，便愛上了他，畢竟她從來沒被人好好愛過，是戀愛小白，在不是很瞭解對方的情況下，她就認定了他的真心。

「**他的好沒有破綻，才能讓你甘願掉入設定好的陷阱。**」

我們這些朋友都覺得她太衝動，很怕花花被騙，她沒有戀愛經驗，容易涉世未深被洗腦。想不到男生願意用時間來證明對她的愛，交往兩年多的時間都對花花很貼心，雖然沒有送過花花什麼貴重的禮物，工作上也沒有特別穩定，但至少愛的層面有給足。我們才放下戒心，畢竟花花能夠幸福，也是我們最想看到的事。

直到第三年，男生想要跟花花結婚買房，要花花投資一個高報酬的網路平台，這樣可以更快速完成買房夢想，他說這個平台是他一個好朋友推薦的，朋友賺了不少錢，一直說服花花投資。花花一開始防備心重，怕高報酬會不會是騙人的，男友苦心婆勸要花花安心，要她可以先試試看小額投資五萬元，如果真的被騙錢，他會負責。花花選擇相信他，結果投資平台不到一個月真的賺了十萬元，花花開始有點心動的放下戒備，再投資一筆十萬元入帳平台，結果網路戶頭又讓她賺了二十萬，男友跟她說：「你看是真的吧！我的朋友是可以信任的。」得意的說。

花花還感激他朋友介紹她賺錢的機會，殊不知這根本是一場讓人體無完膚的騙局。**任何甜頭，都一定得付出代價。**

「**設局就像迷幻藥，當下很沉醉，醒來很破碎。**」

男友開始慫恿她，把全部的資產投進去平台，這樣賺的錢就可以買婚房，他們結婚也不擔心錢的問題了，還可以賺利息，何樂而不為呢？花花心動了，不只把她所有積蓄都投進去這個平台，還跟親戚朋友借錢、貸款，投入更多的資金，以為會因此變成千萬富翁。結果全部沒底線投入之後，男友跑了，平台也憑空消失，她這才驚醒，原來在一起三年的男友，是要詐騙她，他佈局佈了三年之久，她根本無法接受，除了自己全部被掏空之外，還有與親戚朋友借的錢，一輩子都還不出來。她發瘋似的怒吼，男友就像人間蒸發一樣，再也找不到，電話也變成空號。才知道她男友一直是用假名在跟她生活。

她不相信男友會這樣對她，但事實上花花就是中了他的長期佈局與虛情假意，最後人財兩空，心理也徹底崩潰。因為傷害太重，現在花花持續處在重度憂鬱和精神異常的狀態中，還要想辦法還錢，她真的什麼都沒有了……

沒有不勞而獲的投資，也沒有輕易就能獲利的高報酬。不信任或有疑心的投資，只會讓人玉石俱焚。

心疼花花的遭遇，她從原本一個月賺很多錢的女強人，變成負債累累的女瘋子。也是給大家現實的警惕，不要太快相信對方所表現出來的形象，演得再深情，都是在做戲而已，愛情騙子為了要騙你上當，把時間拉得更長更久。當初男友就是看中花花是小富婆，又沒戀愛經驗，要她拿錢出來買房投資，其實這個時候已經有問題，為何不是男友拿錢出來？而是要她拿錢？但一心想要跟男友結婚的她，不認為男友會騙她，才是最惡劣的事。

不了解一個人或者你以為自己了解他，都不知道會讓你付出多少代價。任何被對方感動的層面，都需要花時間細心觀察、了解這個人的背景與交友圈，否則得不償失，失去的不只是金錢、時間、心力、精神、信任，更多的是自己被傷害後的破碎痛苦。

真心愛你的人，不會在交往時讓你牽扯到金錢或要你投資你不熟悉的東西，更不會讓你陷入金錢危機。還有另一種人把自己塑造得很窮、多需要錢也是很有問題，需要你支援他、幫助他，千萬不能有聖母心態想要支援他的金錢。兩個人在一起，必須各自經濟獨立，只要剛交往還沒很熟悉，就要和你牽扯到『錢』，請直接頭都不要回，分手加上封鎖，才不會後患無窮，輾轉難眠。

painwords.yan

...

分手了，沒事不要做朋友。

「我們分手後還能當朋友啊！」對方自在的說。

很多人應該這樣的經驗，分手後，對方還想跟你做朋友。做朋友沒有不好，但有沒有必要轉換角色當「朋友」？就算沒有他這個朋友，對你的生命好像也沒有太大的區別。

往往只是太多捨不得、過往的回憶、還愛著、無法放下，所以甘願答應當朋友的要求，想著至少可以繼續有他的消息，維持著看起來「**不像失去**」的關係。

這樣的若有似無其實很卑微，說穿了其實你也不差他一個朋友，但就是無法接受分手後的天崩地裂，而對方也看準了你這一點。感覺上，好像對方提分手後還想著你，所以願意跟你維持朋友關係，但實際上，只是覺得你放不下他，可以利用你對他的愛，無條件享受你的好。

愛過的人，要嘛一生，要嘛陌生。一再見就會還想再見，繼續聯繫就會沒完沒了，掉入回憶漩渦抽不了身。任何說沒感覺，都是騙人的，所以大部分的人才會選擇不打擾，各自安好，彼此祝福。

提分手可以做朋友的人，不是他放不下，而是知道你放不下，可以享受你的好，又不用負責任。

「可以當他的朋友就很幸福了！」你卑微的回應。

如果一直當他的朋友，你會一直走不出這段感情，反而會被牽絆而錯過好的人，他沒事打給你，想找你出來談心、談身體，或者要你幫他去做一些瑣事，仗著朋友的名義，做一些不是朋友該做的事。你很願意付出，覺得這是他需要你的表現，心裡還有你，用你的一廂情願解讀他的想法，其實這都只是在合理化他的不合理行為，想著或許未來還有可能，他忘不了你、需要你，都是還愛著的證明。

「舊的還在，新的難來。」

他究竟會有幾個一樣的「朋友」？你可能也只是其中之一，分手後不要答應當朋友，你會變得沒有價值。你要做對方什麼樣的朋友？好朋友、紅粉知己？這些都不是男女朋友，以朋友的名義耗著自己的年華歲月，他都不知道換了幾個人。長痛不如短痛，分手很痛、沒有名分更痛，結束就是結束了，斷開沒意義的連結，讓一切回歸自身，放下該放下的，會發現世界很大，還有很多很好的人，等著你去遇見。

如果你們是「和平分手」，覺得彼此很好，但不適合當情人，比較適合當朋友，是有共識下的分手。偶爾聯繫、關懷，這樣能理解當朋友的意義。但如果有了下一個對象，懂得避嫌不聯繫，是最基本的，也是對另一半的尊重。誰都不希望，在談戀愛時，看到對方跟前任還有聯絡，不管是什麼關係，都會引起不適，給足該給的安全感很重要。除非下一個對象不介意，但通常說不介意的，心裡都很介意。與其這樣，乾脆一開始就遵守本分，就不會有後續的猜忌跟爭吵。

前任就是讓人害怕的存在，有的人會用下一個去忘記，或在一起一段時間後重新跟前任復合。把對方當成前任的影子，是感情中最忌諱的，不要把自己的傷痛，讓下一個人承受。

「我不介意你的過去，我介意你的過去還在繼續。」

昨天說，「很愛很愛你。」
今天說，「愛不了，不愛了。」
與其說愛得讓人摸不著頭緒，
倒不如解釋成，
「這只是他偽裝深情後的預謀離開。」

painwords.yan

...

談感情最怕沒有邊界感。

決定要談感情後，任何單身才有的行為都要收斂，不能總是表現出自己還是單身的狀態。跟異性之間的相處，應該要有明確的分寸拿捏，不要輕易越界，才是珍視現在的感情。如果還是跟交往之前一樣，不懂避嫌，那恭喜！很快就會失去你的另一半，請施主三思。

來講一個案例，阿南身高一八五，小美身高一六四，都很懂打扮穿搭，兩人外型出眾，同時也是很多人追求的類型，喜歡阿南的女生不計其數，小美也從來不缺男生追捧，兩人就像是偶像組合。

小美有了阿南之後，與異性的界線劃分的很清楚，不會讓阿南有任何不開心的感受，阿南也都會在網路平台發放他們在一起的照片宣示主權，讓小美也得到滿滿的安全感。

好景不常，阿南與小美交往半年之後，小美在他的車上發現其他女生的髮夾；他開始會讓女生親密靠著他拍照；會收愛慕女生給他的愛心便當。這些行為都讓小美無法接受，明明跟他剛交往的時候，他很懂得避嫌，在乎她的任何感受，沒想到才不到半年，就忘記自己是個有女朋友的人。

「**就算什麼都沒做，也不能當作什麼事也沒有。**」

「她搭你的車，為何你沒有跟我說？還讓我發現她的髮夾在你車上？」小美氣憤的問。

「怕你亂想啊！那天聚會她喝多了，我想說同事一場就送她回去。」阿南覺得沒什麼，淡淡的回應。

「如果真的是這樣，那你可以老實跟我說啊！你這樣更讓我不信任，我還在別人的發文看到你居然讓女同事靠著你拍照？會不會太誇張？一點邊界感都沒有？」

「就只是她的習慣而已，她對誰都這樣，你不要胡思亂想啦。」還是一副無所謂的樣子。

「那便當的事呢？喜歡你的女生還發動態炫耀，說你接受她的便當，真的完全不避嫌，當我是透明人嗎？」對於阿南的反應，小美的失望已經到了臨界點。

「大家都知道我女朋友是你，我只是想說她辛苦做的，不吃也太絕情了吧！你不要都想得那麼負面，好嗎？」他覺得她好無理取鬧……

「如果你怕我亂想，在意我的感受，你根本不會讓這些事情發生，而且都是我自己發現的，不是你告訴我的。你允許她們越界，也沒有阻止，我們可能不適合再在一起。」此刻她已經太心寒了……

「也太嚴重了吧！這樣就要跟我分手，會不會太離譜？」

「我無法跟一個沒有界線感的人在一起，你一直表現得理直氣壯，這是讓我最無言的，長痛不如短痛，你就好好去過單身的生活吧！」

不要覺得跟異性沒有保持距離這沒什麼，你就設想，如果換成是你，你會怎麼想？喜歡你女友的人，接送她上下班；拍照時，男生摟著你女友的腰拍照；男生喝醉了，女友開車送他回家；男生親手做便當給你女友吃，會做何感想？

或許身分調換一下，你就可以了解，沒有分寸與邊界感對一段關係有多傷，對方會不安焦慮，就想要跟你吵架，想要你說出可以說服她的話，不然就不應該做這樣的事，非常不尊重你們的感情。與其讓這些事沒完沒了，倒不如一開始就做到位，保持良好的距離，別人有心思，馬上拒絕，不做會讓對方懷疑跟擔心的事，少了爭吵多了信任，感情才能走得平順長遠。

painwords.yan

權衡利弊的愛，不是愛。

小紫是職業軍人退役，個性單純又容易相信別人，因為不想再被日復一日不變的工作模式捆綁，所以選擇勇敢退役並創業，創建屬於她的夢想甜點王國。

由於是遠距離，小紫很努力維持跟男友的愛情。男友一開始大力支持她創業，講得有依有靠，然而到後來，小紫的努力在他心中，就只是毫無價值的堅持、浪費時間。小紫每每跟他分享平日的點滴日常，他也都沒有在看。這過程也才不到短短的四個月，就出現危機。遠距離戀愛經營不容易，但有時遠距離更能看出一個人的真心或是「露出馬腳」。

「遠距離遠的不是距離，而是心離。」

小紫跟男友交往不到半年，男友就提出：「如果你不能來跟我同居，明年一月我們就分手吧。」

這句話讓人無比心寒，讓小紫完全不能置信，**愛情還可以用倒數計時來決定不愛或是繼續愛嗎？簡直太荒謬**。每個月也都是小紫搭車去找男生，男友沒有一次搭車來過，兩人的距離，說遠嗎？也不過是兩個小時的車程。但是女生為了愛，從來沒有抱怨過，交往期間男生說忍受不了遠距離，因為過去他與前任遠距離，愛情長跑九年時間，到最後被女方分手，這個陰影讓他久久不能釋懷。因此他不相信小紫，他焦慮她未來也會因為遠距離的變數而離開他。他把**過往在前任那裡受過的傷，自我投射不好的意念來衡量他們現在的感情，小紫被無辜牽連，承受男友想像出來的負面情緒**。

「前任讓你一無所有，你讓現任一文不值。」

小紫與男友交往不到一個月的時候，男友說為了他們的未來要存結婚基金，說服小紫把五十萬存入他的戶頭內，小紫太愛男友也堅信之後會結婚，沒有任何懷疑的相信他。

某一天因緣際會，小紫家人發現了這件事，覺得兩個人交往時間太短，小紫就衝動的做出失去理性的行為，金額還不少，家人覺得很不妥，擔心女兒被騙錢，想辦法要與小紫男友拿回來這筆金額。最後是小紫爸爸出面，爸爸的威嚴還是讓男友乖乖的把錢還回來。家人跟她說，**一開始就要你拿出錢的男生，一定不是真心愛你，愛你的男生，不會把你的錢放在他的口袋裡。**

剛交往就拿女生的錢，這樣的男生著重的是兩個人的利益，不是愛意，他的愛包含了很多條件才是愛。

「不想經營的愛情，就像握在手裡的沙一樣，無法牢固也沒有依靠。」

一開始溫柔的臉，後來換了一副嘴臉。

小紫原本還不相信，覺得他不是這樣的人，他是因為想要跟她存結婚基金，結果事實證明，男友把錢還回來以後，立即變了一個人，態度冷淡的說：「我們沒未來了！我覺得被你背叛了。」她才發現，真的像是家人說的一樣，好像他喜歡的只是她的錢。

之後每次聊天只要不如他的意，就酸言酸語、冷漠、冷處理來對待小紫。不斷用言語勒索，消磨小紫對他的愛……

「我就等你到明年一月，沒有搬來一起生活就是分手。」男生口語冷漠的說。

「……我覺得我好廉價，不是不想同居，但看到你對我的態度，我覺得你根本不愛我，你的愛是需要條件來維繫的，在我身上得不到利益後，我就等著被你分手。你只在乎你自己的感受，如果我真的去與你一起生活了，然後呢？最後會不會變成我一無所有，還要被你傷害？我受夠了！」小紫很心寒的說。

因為沒有利用價值了，就想辦法逼小紫離開，把小紫當成是一筆生意，談判無效就撕破臉，分手對他來說就是一件「得不到想要的，就別怪他翻臉的交易」。

男友曾經被抓到除了送小紫生日禮物，同時也買了同個牌子的禮物給曖昧的女生。兩人的關係還沒結束就在騎驢找馬，亂槍打鳥，結果那些女生沒反應也不接受，他只好拍拍屁股再假裝沒事繼續跟小紫在一起，說一個好聽的謊，只是送學妹而已，別想太多。種種行為讓人失望，小紫還因此傷心落淚，但還沒有勇氣離開，是之後看清了他的本性，才暗自神殤離開。

原來我不是被堅定選擇的，是剛好出現在那個當下，「沒有得選」的當下。

不是愛，只是剛好可以湊合，也符合那個「條件」。

愛是純粹的，但當其中一方別有心思，只想著唯利是圖，還會不斷的情緒勒索，盡說一些難聽的字眼，那就要思考要這段感情要痛苦繼續還是抽身離開了。

有過多複雜條件的不是愛，愛永遠不帶會傷人的條件。

painwords.yan

…

原來不愛了，是努力不來的。

人在失戀或暗戀時，真的會瘋狂求助網路上的塔羅占卜。大眾占卜常出現的題目就是：你們會不會復合？他還愛不愛你？他對你的感情？你們會不會在一起？總是離不開這一些話題。如果占卜結果顯示，你們有可能再復合，或對方還愛你，你心裡就會覺得：「對嘛！我就說他忘不了我。」自圓其說，對號入座，開始期待你們未來還有再相愛的可能。

但如果占卜結果說，他不愛你了，你們不可能復合了。你就會萬念俱灰，重複說著：「怎麼可能？我剛在其他占卜測出來的結果，都說我們是天作之合，一定會復合的！」

其實大眾占卜只是一種樂趣，不適用於每個人當下發生的狀態，也不是完全適合每個人。但占卜過的人，總是期待占卜結果顯示，你們會在一起，或快要復合了，可是最後真的有走在一起嗎？很多時候，只是心理安慰罷了。

我跟很多人一樣，在還沒成為塔羅師之前，失戀時會瘋狂玩網路上的大眾占卜，一直想從解答中找到對方還愛我的蛛絲馬跡，測驗的每一題，都說對方忘不了我，當下我覺得非常開心，覺得未來我們一定可以復合，現在分開只是暫時的，只是為了變成更好的自己。結果實際上是，她早就愛上別人，跟別人走了，我還在以為自己被愛著，沉溺在大眾占卜給我的幻想中。我最後才發現，她根本沒有想要挽回我，也沒有想過要跟我復合，一切測驗的答案都是心理安撫，以為走向會照著占卜結果去展開，循著自身想像中，未來可以復合的樣子去定義的。

想聽到自己想聽的答案，沒聽到想聽的，就只想找到自己想聽到的，也是一種欺騙內心得到平衡的行為。

失戀的人是最脆弱的，尤其是被分手還愛著對方的那個人，總會想盡各種方法，試著讓失去的感情可以失而復得，很多不肖業者就看中了這樣的市場。只要你想要挽回感情，他們就會說，我有方法可以讓他回頭找你，百分百有效，只要多少錢，就可以獲得你想要的結果。

你也沒心思求證，只想著，只要對方能回來自己身邊，什麼都願意嘗試。

不管是算命、占卜、作法、意念控制，有多少方法全都做，花多少錢都不在意，邪術黑暗魔法樣樣來。想跟大家說，千萬不要做這樣的事，為了一個心不在你身上的人，各種討好，只求能夠回到他身邊。如果你覺得挽回效果不大，不肖業者就會繼續洗腦，說你的狀況比較嚴重，可能要再花更多錢來處理才行。日復一日，很多人試到最後都沒有效果，還花了一大筆錢，嚴重的甚至還為此借錢負債，完全失去理智。

看過太多案例，最後傷心又傷財，沒有所謂失而復得，只有如夢初醒。

當你發現錢都沒有了，人也沒有回來，才知道自己有多傻。

「原來不愛了，是努力不來的。
用任何形式方法，都無法改變結果。」

感情結束就是結束了，不再執著糾結無法回去的過往，好好療傷，認真的替自己心疼，好好吃飯。

只有從悲傷中走出來，才能改變不斷陷入的情緒與低潮，自身狀態轉變才能有癒合的一天。不愛他人，只專注愛自己，把愛別人的堅韌，拿來放在愛自己這件事上。

painwords.yan

心如果沒有清理乾淨，
別談下一場戀愛。

小將跟對象交往四個月後，突然被莫名的提出分手，他每天痛苦到需要吃身心科的藥才能減緩焦慮，猶如一具行屍走肉的空殼，沒有靈魂的活著。分手一週而已，就爆瘦十幾公斤，天天食不下嚥、倚賴酗酒，聽悲傷主題曲，眼淚不停的落下，像是一種無聲的抗議……誰說到敏感字眼，又會瞬間掉入情緒裡，久久不能抽離。

好像只有這樣，才能讓自己好過些。每天滿滿的負能量，睡眠狀況很差，容易胡思亂想，怎麼開導都好像會被隔絕一樣，一句話都聽不進去，頭腦打結，當局著迷。小將愛人愛的太用力了，把所有的深情都留給了她，怎麼溫柔的「對自己好」都不知道，只記得愛別人，卻從沒有愛過自己。

「不要再洗腦自己，對方會回來；

不要再騙自己，你們不是真的分手。」

我跟他說：你太執著了，才會傷那麼重，你的世界非黑即白，沒有灰色地帶，不願意妥協，這沒有不好，但執念太深，一直不接受現實，該試著讓自己嘗試新的人事物，讓自己從中慢慢接受失戀的事實。時間拉多長都沒關係，主要是能讓自己階段性的療傷。

幾個月後，他談了一個新女朋友，跟他前任類型完全不同，我也替他開心，以為他終於走出過去那個很重的感情創傷。結果不到兩個月時間，小將打給我說，他真的無法重新去愛一個人，他的心還是沒有復原，還是想著前任，傷害了他現任女友，覺得自己很過分。

「你原本是想試試看嗎？看能不能藉由她去忘記你前任嗎？」我不理解的問。

我是要他嘗試新的人事物，認識新的人，不是透過交往看能不能清理乾淨心中的傷口，這樣太不公平了，感情又不是買東西，還有七天鑑賞期，不要就退貨。

「我知道我很差勁，心中都還住著一個人，還這樣對待這個真心對我的人。我的愛情，愛就是愛到底，不愛就是完全感動不來。就算有一點好感跟喜歡，試著交往都感到渾身不自在。」他語重心長的說。

「傷害已經造成，我覺得你好好的跟她道歉，然後決定要結束就好好的說，不要浪費別人時間，也不要假裝沒事湊合的過，時間一久，只會更傷。自己的傷沒好，又造成別人的傷害，是很自私的行為。」我嚴肅的回應。

我們都曾愛過心中住著別人的人，當你全心給予的時候才發現，原來對方跟你相愛還想著前任或者愛不到的人。誰都不想愛著不投入的關係，最終只會遍體鱗傷，落寞收場又受傷。

全心投入的感情，不該給一個只有部分投入的人，

你給他的，他給不起你。

「千萬別將就，你愛不了的。」

忘記一段感情，千萬不要用下一個人去忘記，應該要記取上一段感情的教訓、結束的原因、在感情中容易出現的盲點，好好跟自己對話，讓自己的心好好沉澱，才不會在下一段感情中又重蹈覆轍。還沒好，又一直談新的感情，已經受的傷，想要別人來癒合，但根本沒全心打開自己，要怎麼讓人走得進去？任何內疚也無法減低新的傷害。

談戀愛，準備好了，再開始。

painwords.yan

我接住了所有人，

卻沒有人接得住我。

「可以請你幫忙嗎？」

「沒問題，我可以幫忙喔！」

小芸是一個很熱心、包容力很大的人，只要她在的地方，總能像是無所不能一樣，完成很多他人交付的任務，只要有誰需要她，就能第一時間挺身而出，任何負面情緒轉移到她身上，都能瞬間找出問題跟答案。

很多人都想要請她的幫忙，她也是竭盡所能的給予大家協助，希望把大家照顧得無微不至。但小芸畢竟也只是一個女孩，她總是在滿足大家需求的時候，把一直也需要求救的自己，暫時壓制，視而不見。

太多人的負面情緒都由她吸收與安撫，直到有一天，自己也因為接受太多不好的能量，終於崩潰了，開始對任何人的事情不感興趣，甚至覺得厭煩。別人一直丟情緒與需求給她，她不停的接，接到後來發現，原來自己沒有那麼偉大，再也接受不了別人要她幫忙的請求。她甚至有一點愧疚，無法完成別人對她的期待，她很痛苦，就像螞蟻爬滿全身，不斷的被啃食肉體，卻不能叫出聲。

不知道怎麼拒絕別人，接受了又讓自己喘不過氣，一天又一天，不知道該怎麼辦。她發現累積在身體裡的負面情緒開始洶湧而來，好像瀑布一樣淹沒理智，開始大哭、歇斯底里、想要離開這個世界，忘記自己也仍然是個普通人，也需要有被人看到脆弱的時候，但卻沒有人可以伸出那雙手，來把她拉出黑暗與窒息的黑洞。

大家以為小芸是一個沒有負面情緒的人，她從沒表現過不耐煩的態度，對人總是笑臉迎人，所以對她無止盡的予取予求，沒有人發現她也有情緒、也會累、也會倒下、也會封閉自己。最後她生病了，只能靠吃藥控制，才稍微得到一點平靜。

如果你們身邊有這樣的朋友，總是盡心盡力的幫忙，從不求回報，也從未表現過異常，請好好珍惜，別忘了要關心她，她看起來開心，不代表她沒有情緒、不會憂鬱、不會生病。

這樣的人非常善良，只會想著怎麼樣幫助別人，卻忘了自己。她心腸很軟，不懂得拒絕別人，看到別人難過，她會跟那個人一起哭，敏感又細膩，是很值得被深交的朋友，但別在她需要求救的時候，沒有發現端倪，還在一昧的索取她的好，任何關係都是互相的，沒有人可以一直給，讓你一直收。

幫助過你的人，有一天也一定需要你的幫助，或許他表面上說沒事，但你可以試著用溫柔的語言與行動，讓他感覺被在乎、被心疼，就能讓他原本快要窒息的情緒，得到化解與喘息。大多數脆弱的人，表面上都很好強，不想要有人關心，但實際上，他們要的是感同身受的體諒與理解，沒有誰是超人，都只是硬撐出來的。

擁抱那些背負很多黑暗卻找不到光的人。

「**最好的情感模式：我丟你接；你拋我撿。**」

就像是流水裡的魚，雙向流動，不怕無法呼吸。
但如果是死水裡的魚，只能毫無求生意志的等死。

你在每個階段照顧別人的情緒，
花費所有心力，無限接收，
那些負面吐霧，壓著你無法喘息，
病了，卻沒有人可以接住那樣的自己。

一直拋，一直給；
沒人收，沒人撿。

painwords.yan

…

不要當小三，

沒必要跟別人共用同一個。

沒有人喜歡和別人共享對象，但總是敗給那個很會說故事的人，理由不外乎是：「我跟我老婆感情很差！」、「我已經不愛她了，只剩責任。」、「我們今年就會分手，再給我一點時間。」、「我真的很愛你，但她不能沒有我。」就這樣，讓你心甘情願留下來，覺得總有一天，他會離開「不愛的」對象，還你一個名正言順的名分。

但親愛的，這些都是不負責任的鬼話連篇，想跟你在一起，這些問題早就該處理好，而不是遇到你之後，才變成這些問題處理不掉，等待他「慢慢」的處理。

他總會流露出自己在這段感情中有多無能為力，是遇到你之後，才覺得這才是愛，以前的戀愛都白談了，把情感塑造成「沒有你，他怎麼辦？」的錯覺，讓你死心塌地當背地裡不被公開的第三者。

你以為自己的善解人意會讓自己從貴人變成皇后，殊不知，不管再過多少年，你跟他還是原地踏步，他一樣沒跟對象分手，沒跟老婆離婚。你開始清醒，他浪費了你多少青春？什麼他都可以給你，就是給不了一個「身分」。當你想要離開了，他也一臉挽留不了你的模樣，說他盡力了，最後小丑竟是自己。

「總是騙你會跟對方分手，
但對方過了幾年還是穩穩的沒離開過。」

長期包裝自己是受害者的人，身邊與他「正在交往的對象」永遠會被說的很難聽，持續演繹他有多痛苦還離不開，才會拖到現在還沒分手。

他的每個真情流露，都是為了引你上勾，與你玩玩沒壓力，你對他卻盡心盡力。別再相信「我會跟現任分手」的長篇大論，如果他會這樣對現任，將來你真的成為了他的現任，他也會這樣對你，**愛劈腿的習性改不了，不會因為誰就變得專一**，不要想自己終於戰勝了，最終會落得遍體鱗傷，因為他的「真心」，都是有劇本的。

「不小心當了別人小三怎麼辦？」

我有一個好朋友，之前和一個風度翩翩、長得很帥的男生交往，燒飯洗衣樣樣行，他還會不定時製造浪漫驚喜給我朋友，她腳痠了會背她走回家，當成女兒在寵愛，就算男生工作再累也會來接她下班，對她無微不至的好，好到我朋友都想嫁給他。

看似滿滿的幸福，但秘密覆蓋得再周全，還是會不小心露餡。

有次她男友在房間睡覺，她幫忙男友整理衣服時，看到他的錢包，突然心血來潮想要看一下男友身分證的照片，居然不小心看到男生身分證後面居然已經有了配偶的名字，她頓時晴天霹靂，愣在當場，走到房間拿起對方的手機，砸向男友的臉，男友瞬間被痛醒！看著朋友拿著他的身分證，他當場跪下：「寶貝聽我解釋，我不是有意騙你的，是她不願意離婚，我已經不愛了！也是先她背叛了我，我真的只愛你，我不想失去你……」一直不斷解釋他真的想離婚，是他老婆不放過他。無論真假，如果這段感情被發現，朋友就是介入別人婚姻，法律上是要被告的。

「每次你一到假日就很奇怪，都說要幫兄弟去顧小孩，原來是你自己的小孩。」朋友突然恍然大悟。

以為是兩情相悅，單純的愛情，把她當成公主在寵，原來只是因為他有小孩，才能這樣對她體貼入微，不是他與生俱來有多好、多細心，其實是受過訓練來的。

朋友本來有點動搖要等他離婚，畢竟那時真心很愛他，也想把他說的「怕失去」，當成是「善意的欺騙」。

那段時間她瘦了快十公斤，不知道自己為什麼會落得這個田地，單純想要談個平凡戀愛，卻變成是別人的小三？她不願意接受，憑什麼還沒有處理好自己的感情事，就來招惹她，可是朋友一直狠不下心說分開，拖了幾個月，直到她有個異性朋友跟她說了一句話：「因為他什麼都給不了你，只能全面用心的對你好啊。」太中肯了。

「對你好，很容易；名正言順，無法如意。」

她突然清醒：「是啊！他除了對我好，其他什麼都不能給我……」

後來，一直說不能沒有她的男人，在分手後，馬上又結交了新的對象，那些過往的深情言論，簡直都是狗屁！她慶幸自己當初沒有糾結太久，萬幸自己沒有因為捨不得，還處在痛苦的情感漩渦裡。

什麼海誓山盟？都是非常不值錢的擔保。

有時候該斷的時候要徹底，不要藕斷絲連，才不會讓自己又陷入更深的深淵，還讓自己身處危險之中，根本沒必要。

▒

即時發現，及時煞車。

才不會讓自己進入一個錯誤的循環。

愛情是純粹的，不該讓有心人士誤導或設局，
投入一段不該開始的關係。

切記三大原則：

1. 不要跟沒有處理乾淨自身感情的人戀愛。
2. 不要相信不愛自己對象，只愛你的那種人。
3. 不要同情因為一堆原因，而不能分手的他。

painwords.yan

當一個人心死的時候，
怎麼哄都哄不回來。

「她跟我提分手，怎麼可能會想離開我？除了我，誰會要她？哄一哄就沒事了啦，每次都這樣。」男孩依然跟朋友說著自大的言論。

「原諒我，我真的以後不會再這樣了，答應你的事，我發誓我以後一定會記得，再給我一次機會，我最愛你了。」男孩慣性的回覆女孩，還沒有發現事情的嚴重性。

結果，失算了！她沒有打算讓你哄回去。

「我是認真的，改掉你那個永遠『只是說說』的個性，我不想再給機會了，人總要等到完全失去後，才會真的去實行，所以你身邊的這個位置就留給下一個人吧！保重。」女孩淡定的說完後，至此消失在他的世界裡。

男孩知道女孩是來真的，發瘋似的想要挽回，答應以後一定會說到做到，在她家樓下等她回家，說他真的知道自己錯在哪裡了，女孩平靜回應：

「我們已經結束了，我會離開這裡，不會再讓你找到我，你也別浪費時間了。」

他什麼方法都去嘗試，用假帳號去私訊她ＩＧ帳號沒用，找她的朋友幫忙挽回，朋友們一概拒絕幫忙，因為他們之間已經不是一天兩天的事，失望也不是勸說就可以恢復。女孩是徹底心寒了、不帶情緒的不要了，任何人都無法改變結果，愛賭不起，也內耗不起。

他開始醒悟懊悔、痛苦，沒想到這次是真的徹底失去她了。

有些分手，都是有跡可循，太多失望累積跟無法被解決的問題，像是蜘蛛網一樣，越纏越多，黏在身上卻怎麼樣也弄不掉，乾脆一鼓作氣把蜘蛛網燒掉，也把對你僅剩的愛一次燒完。

「**不要太有把握，我非要你不可；**
不要太有信心，我不會對你狠心。」

以前她會容忍的事情，現在一件事都忍不了，以前你對她說過分的話，她都壓抑下來傷痛，但現在的她一點都不想再委屈，所以會直接罵回去，不是情緒有問題，而是看清楚、想清楚了，這段關係這樣下去，除了看不到未來，也看不到任何值得留念的地方，殘留著對方的負面滴滴點點，只會傷害回憶。

道歉為什麼沒有用？

你對她的道歉，是為了挽回而挽回，並不是發自內心知道問題是什麼？自己錯在哪。求復合，不是哄一哄就好，你沒有反省她一直在意的事情，表面上聽了進去，實際上只是敷衍沒在聽，才令人絕望。問題一樣沒有解決方案，陷入無限的死循環。

不要為了復合而復合，這個道歉毫無誠意，覺得對方不會離開，認為對方除了你，不可能再愛其他人，仗著優勢不珍惜，甚至還理直氣壯。因為她愛你，次次退讓、次次容忍、退到不想退了，不想再聽你說會改，過了好幾年還在原點繞，得到的回答，都是千篇一律「**以後不會了，再給我一次機會。**」

機會給過了，你才是摧毀這段感情不能繼續的罪魁禍首。

她每次的原諒，正在一點一滴耗盡對你的愛，都在倒數計時你們結束的時間。**沒有任何一份愛，經得起「理所當然」。擊垮的，都是那些不被珍惜的習慣與細節。**

當你開始正視，發現對方真的要離開你了，痛苦懊悔瘋狂懺悔道歉，後悔自己為何不再細膩一點？罵自己不珍惜，說到做不到，每天痛不欲生，一直求對方再給你「最後最後一次機會」，想要對方回來你身邊。

可惜，人就是這樣，來不及的時候，才想要拚命珍惜。抱歉，不可能了。

你在不對的時間，給她已經不要的東西。

當初她想要，你沒給，現在給，她已經不要了。

人心會變，愛也是。

珍惜眼前人，不要覺得對方愛你，就肆無忌憚，懂得在乎對方感受、真切溝通、一同解決不開心的碎片，才不會讓想要守護的人，從你生命裡消失離去。

為什麼想要珍惜的時候來不及？

因為那些失望是日積月累，
不會因為你說你會改，一切都可以當作沒事。

會改，不是失去了才做，
有點本末倒置了。

painwords.yan

...

知道真相比不知道來得傷。

唸書時曾喜歡過一個男生，是同班同學，白白淨淨沒有鬍渣，微壯，講話紳士禮貌，身高一百七十公分左右，座位坐在我旁邊，他跟我一般認識的男生好不一樣，他不會說話油條，也不會有汗臭味，整個人都是香香的，讓我對他印象很好，畢竟小時候對男生有很不好的陰影，他卻顯得乾淨明亮，不會讓我聯想到過去不好的感受。

那時我住在學校女生宿舍四樓，他住男生宿舍三樓，我們每天晚上都會相約在二樓走廊聊天。那時他跟我說，他有一個遠距離的女友，不過很常吵架，所以每次當我們在聊天時，都會有一通電話打來，他說這個人是她女友的朋友，打電話來當和事佬，不過是一個男生的聲音，我那時候覺得很奇怪，但也不疑有他，只是每次都會被這通電話打斷我們的聊天。

我們這樣相處了半年之久，某一天他說他心情很差，跟女友分手了，因為遠距離的關係。我拍拍他，陪著他什麼話都沒有說。

過了幾天，那天晚上下著大雨，我人在女生宿舍，他突然傳訊息給我：「Are you looking for me？」

在那個年代，手機不是智慧型，訊息只能寫英文，我回傳：「Yes, I will go to find you.」

幾秒後，他傳了一句：「I love you.」

看到這句話我心抖了一下，我回他：「me too.」我知道他只是希望我陪他療傷，心底卻還是帶有期望。

之後漸漸的，我們對話越來越曖昧，我以為他跟我是一樣的心情，但每當我覺得想要對他說些什麼的時候，又會巧妙被他阻止，帶到其他話題，我以為是他的情傷還在，也覺得這樣陪著他也很好，至少他不會傷害我。

喜歡他喜歡了一年後，我覺得差不多了，應該可以告白了，不想再多等。當那天來到的時候，他好像也知道，提前做了準備，不等我先開口，他先開口說：「我一直把你當成我很好的朋友，也希望我們能一直這樣好下去，有些事放在我心裡很久，覺得我不能再繼續騙你。」

我以為他不想我告白，他想要當那個開頭的，我雀躍的說：「什麼事？」

「我喜歡的其實是……男生，之前打給我的不是我女友的朋友，是我男朋友，吵架也是我跟男友吵架，但你真的很好，我也知道你對我的心意，所以我想要跟你坦白，我怕你陷得太深，傷得更深，想要及時停損，也希望我們未來還是很好很好的朋友！」他看著我，誠懇的對我說。

我當下其實晴天霹靂，因為我再怎麼想，都不會想到他是喜歡男生的，我呆滯在現場應該有一分鐘之久，我想好的告白跟未來，像打破的水杯，跟我的心碎成一地。

「你沒事吧？」他擔心的詢問。

我強忍悲傷情緒說：「沒事啊！有點太震驚了，你怎麼沒有早點告訴我，我們那麼好，太不夠意思了吧，哈哈哈。」

「

有些想念，適合放在心裡，
如果說出來，就會變得不適當。
就像愛一個人愛了很久，他的眼裡始終看向別人，
你的表白就不適合。

」

我難過了很長一段時間，才知道是我自己自作多情，所謂的曖昧，只是姐妹情，初戀就這樣被活活澆熄了，也才想起以前種種跡象，真的有很多可疑的部分！被愛沖昏頭，到現在想起這件事，都會覺得，該不會是他害我喜歡女生吧？

想想也對，男生怎麼可能會是那麼完美的呢？好不容易對男生建立的信心，又再次跌至谷底。也謝謝他對我坦誠一切心意，雖然我覺得他拖太久才跟我說，讓我白白喜歡他一年的時間。或許怕我知道他的性向，失去我這個好朋友，他也一直在心中拉扯吧！

我們很容易有預設立場，怕對方會怎麼想，而一直延誤說出真心話的時機，先不要急著責怪誰，因為說出心裡話，是需要很大勇氣的，**因為在乎，才會選擇說謊；因為在乎，也才會決定說出來**，這都是愛的表現。

每一個人步調不同，都該給願意說出自己隱藏已久秘密的人，一個大大的擁抱跟鼓勵。對我們容易的事，對他們來說可能很艱辛，就像我要說出國小老師的醜聞，也是需要有足夠大的勇氣再去回想，因為我們知道，愛我們的人，不會因此離開，而是有很多心疼跟不捨，如果有什麼憋在心裡的話，好好對愛的人說，不要留下遺憾，不小心造成雙方誤解更是悔恨難過。

舒服自在的關係，是能坦然開朗的做自己。

不用害怕說錯話、不用擔心表現不好，

更不會有任何一刻，需要卑微或掩飾去維繫關係。

不管是友情還是愛情都是。

painwords.yan

惡魔不是一天養成的，

傷害也不是一天就能結痂的。

「不要打我！」小雪聲嘶力竭哭著說。

「看到你就不爽，打你也是剛好而已。」男友不屑諷刺的說。

這是小雪跟男友的日常。明明看似極其不合理的家暴事件，卻無人關心、無人心疼，還被周邊冷眼的人說一句：「活該。」

小雪是我在聚會裡認識的女孩，笑容很甜，非常熱心助人，總有滔滔不絕的話可以聊，也很愛笑，一開始我看不出來，她居然是之前長期被男友家暴的受害人。謝謝她的信任，願意分享不願意被揭開的傷疤。

小雪與男友是大學同學，在一起好幾年，男友是一個長相清秀、有禮貌、人緣很好的人，同班同學都說男友是一個溫暖、會照顧別人的好人。在他們的心中，男友不可能會做傷害小雪的事，如果發生了，也絕對是小雪的錯，跟男友一點關係都沒有。

有一次小雪被打得傷痕累累，同學問是誰打她的？下如此重手。她說是男友，結果同班同學居然說：「一定是你做錯事啊，他才會打你。他那麼好的人，是不可能會動粗的！」

小雪聽了心寒崩潰，心中想著不是應該安慰我嗎？例如：「他怎麼可以打你？太過分了！」怎麼會變成是我的錯，我應該被打嗎……好像被動粗了，也不是他的問題，是我的問題……。

檢討被害者，維護加害者的惡魔行為，聽得我當下真的難以置信！因為她男友實在太會演戲了，在同學的心中，他就和白馬王子一樣，不會有汙點。

小雪說：「他一生氣，就會把我的頭抓住，壓在馬桶裡面，還會把我衣服全脫光，掐住我脖子把我壓在牆上，力道還不小，當下真心覺得我可能就要被活活掐死了，他才願意放過我。我不是沒想過要離開他，但是每次動粗隔天，他都說是最後一次了，甚至還哭著跪下來求我，說他以後絕對不會再這樣對我了，要我再相信他一次。但換來的卻是一次比一次更狠、更加殘忍粗暴，身上全都是被毆打瘀青的傷痕。」

「暴力不會只有一次，你卻一直相信『這是最後一次』。」

小雪接著說：「都是我心軟，以為他會改，才會一直在地獄中沒有離開，每次被打得體無完膚，他就會過來道歉，求我不要走……要我當作什麼事都沒有發生過。我開始懷疑自己是不是有病？有病到被糟蹋成這樣還不肯分手。有一次被打到坐在外面的樓梯喘息哭泣，他還不死心，過來用腳大力踹我的頭，讓我滾下樓梯，全身都是傷……」

「每個心軟的瞬間，都是通往地獄的入口。」

這期間，小雪受不了男友惡意的攻擊，活得苟延殘喘，默默的吃安眠藥自殺，想結束一切。結果沒死成功，被救了回來，精神異常被送到精神病院。回家安養後，鄰居卻對小雪說：「你要死不要在我們這邊死，不要害我們這裡變成兇宅！」她開始懷疑真的是自己的錯，自己被打好像是應該的，自殺也沒有人會可憐她和理解她，反倒得到更過分的酸言酸語。

小雪說那時候的她，像從鬼門關走了幾回！不知道自己死了多少遍，每次原諒，希望僅存的一點愛能夠拉著男友，讓他改掉動手打人的惡習，但事與願違，越想拉住他，越被他毀得更徹底，更痛心，更體無完膚……

聽完小雪的遭遇我心裡非常難受，真不敢相信，世界上有這樣惡毒的畜生，而鄰居又怎麼會是用這樣的話語二度傷害受害者！不管是她的同班同學還是鄰居，都是惡魔的嘴臉！**不是打人的人才可惡，這些用言語幫腔的人，更是可恨**，每一個都是間接加害者，令人憤怒。

「家暴只有零次跟無限次。繼續一段錯誤的愛情，只會越走越偏。」

很多人面對感情容易無限的包容與容忍，就算不斷被傷害，還是會選擇原諒對方，離不開、走不了都不是確切的理由，而是因為還「愛」、還想著他會「變好」，一而再再而三的給對方機會，選擇原諒、欺騙自己，他一時不能控制失手，他會改，他真的會改。但任何的原因，都不能合理化對方的惡劣，其實他不會改，這才是他的本性。

愛你的人，連你受了一點傷，都會心疼得要命，更何況是「傷害你」這件事，根本不可能出現在他的腦海裡，你的忍氣吞聲忽略了愛情該有的樣子。希望在感情中有過相同經歷的人，如果遭遇類似的狀況，趁早抽身，不要被傷到身心靈破損後，才覺醒。

每個人是生來被疼惜的，不是拿來被動手出氣的。當你正在遭受到身體或言語暴力，可以撥打保護專線113，尋求協助，不要輕易的放棄自己，還有很多愛你的人關心你，心疼你，也還有我，願意聽你的故事，當你們心靈上的出口。

以為已經過去的事，早已根深蒂固烙印在心裡。
陰影如影隨形，隨時都可以打破相信的事，
更多的是，早已回不去的「信任」。
「原來傷一直都在，從來沒有痊癒的跡象。」

painwords.yan

在感情中執迷不悟，

只會害了自己。

安安是我多年的塔羅客人，她現任男友是個小流氓，交往兩年多，找我占算了無數次感情，第一次占算的時候我就對她說，你不要放太多心思在他身上，他不會珍惜。

她是一個有一點圓圓肉肉的女生，個性直接、沒有心機，是一個開朗自信的人，不會因為自己的身材，覺得自己沒有魅力，但自從跟現任交往後，她變了很多，她的世界只有男友，男友喜歡什麼就馬上去幫他買；喜歡的球鞋店有限量版，二話不說馬上去幫他排；他跟朋友喝醉了就要她來載他回去，也不管安安是不是有事情，隨傳隨到。她不以為意，覺得這些都是男友需要她的表現。慢慢的，原本開朗自信的她不見了。

交往期間，有一次她發現男友跟玩線上遊戲的女生有點曖昧，好像還私下偷約出去，她問男友怎麼可以做這樣的事？男友冷淡的對她說：「因為你太胖了，我覺得我帶不出去。」

這些話猶如千刀刺進安安的心，當初在一起時，男友明明追她追很勤，反倒是安安站上風，現在居然會變成因為自己的身材被羞辱。

安安忍住悲傷回話：「那……我減肥！我會瘦下來，你不要跟別人聊天，不要跟別人出去。」

男友安撫說：「如果你瘦下來我就不會這樣了啊，我還是愛你的。」

旁邊的人聽到這樣的對話，都覺得男生不愛她，趁早分了吧！根本不用為他減肥什麼的。愛你的人，不會一直拿身材當成愛的依據，只在意那個人是你就好。當初他說得誠意十足，只是為了要你相信他的愛是那麼真誠，值得給他交往的機會。當你全心愛他時，才開始嫌東嫌西，說自己是為了你好。

「追你的時候，你什麼都好、什麼都好喜歡；追到了以後，你什麼都還好、挑剔又嫌棄。」

男友情緒控管很差，動不動不開心就要提分手，安安總是一直哄著他。

安安問我，他為什麼都要這樣對她？

我告訴她：「因為知道你不會離開他，吃定你了，被愛的人有恃無恐嘛。他知道就算他對你不好，你還是會安撫他。你也總是替他講話，說他是最近壓力太大，才會情緒不穩，才會不小心把氣出在你身上……」

她每次找我都會重覆問我同樣的問題，好像鬼打牆一樣，明明就看出問題，卻一直不願意面對事實。

想起作家南稾梔寫過的一句話：**咬定身後的你不會走，所以他予取予**

求。

愛你的人，不會以分手的名義反覆試探，把這件事當成口頭禪，明明知道你會難過，還是持續挑戰你的底線，說穿了，就是不愛你，又不想要讓別人覺得他是渣男。

安安還是不放棄：「如果他不愛我，上次我看到喜歡的娃娃，他還會特地在我生氣的時候買來給我消消氣嗎？不愛才不會這樣對吧……？」

還是繼續一意孤行，說如果他不愛了……不會怎樣怎樣的對她好……

你被傷害很多次，才一次表現對你好，就雀躍得忘記了那些過分的行為，只想著他這是愛你的展現，洗腦自己他對你的傷害只不過是「心情不好」。

你在這段關係中拚命付出，感受不到被珍惜，還拚命幫他說話；他對你的付出僅0.5%，一個做做樣子的小動作，你就感到好滿足，覺得他是愛你的。

「這不是愛，只是自欺欺人的不甘心。」

自作多情的感動、自己感動自己而已。

他愛你，不管從什麼小細節，你一定能感受出來，就算他不懂浪漫，你還是可以感受到那份愛與珍惜；反之，如果他不愛你，什麼都可以挑剔、都可以嫌棄，假裝說：「都是為了你好！」好像聖人一般。讓你在痛苦的言語中，還要勉強接受他的愛是善意、是關愛，本末倒置了。

不健康的任何關係中，適時放手、勇敢切割，離開消耗已久不快樂的自己，才能拯救自己的未來。

painwords.yan

我知道我不能卑微，

卻已經卑微到了極致。

「我們遠距離在一起八年，我是那麼相信你，相信你會娶我，你怎麼可以這樣對我？為什麼？」新新歇斯底里的對著電話那頭說。

「……對不起，我除了對不起，我不知道我還能說什麼？」沉默後，他低聲的說。

新新跟她的對象在澳洲打工度假認識，新新是台灣人，灣仔是香港人，同住在一個share house，灣仔個性活潑有趣，新新個性隨和好相處，那時候的他們都是因為想要離開原本的國家換個環境生活，聊了聊各自在自己國家的苦悶，聊完覺得很投緣，便日久生情。他們個性合拍，有聊不完的話題，但打工度假簽證畢竟有時間期限，所以時間一到，就需要各自回到自己的國家城市中。

他們開始了真正的遠距離戀愛，每半年會互相飛往對方的國家待幾天，兩個人的付出都是平衡的，沒有誰失衡，他們也不喜歡過於黏膩的感情，就這樣過了好幾年，新新對灣仔很放心，從來不會懷疑他，她認為信任對方這樣是愛，就算工作忙碌，他們也很有默契不打擾。看似一切都在他們自己的步調上，沒有任何破綻。

直到二〇二〇年疫情大爆發，世界各國限制了飛機航班，香港跟台灣暫時無法出入境，就這樣長達兩年都無法見面，這期間新新經歷了媽媽離世，灣仔聲稱他確診了，無法飛往台灣陪伴她。新新一個人孤獨忍受悲傷，愛人還不在身邊，這些日子都強忍熬過來了。兩年的時間見不到面，他們僅靠著電話維繫感情，好不容易雙方國家快要解禁，新新非常期待能夠見面，但灣仔態度卻越變越奇怪，該接電話時沒接，回電話時有所顧忌，之前都在家中跟她講電話，現在卻都是選在外面他要倒垃圾時，才會與她通電話。

新新暫時不想去想灣仔反常的行為，依然雀躍的說計畫去香港找他，灣仔聽到沒有表現過多情緒，停頓了一下說：「好。」

「每一個覺得不太對的瞬間，都能準確的證明，你的直覺是對的。」

要去香港找他之前，新新找了一個算命阿姨，想知道她跟男友的未來會如何？結果算命阿姨直接跟她說：「不要去找他了，他在那邊已經有別人了。過去那邊只會更傷心而已。」

新新非常訝異，媽媽離世之後對她打擊非常大，現在又說要娶她的男友有別人了，她當下完全不能接受，想著算命是算錯了吧？他不可能這樣對待她。可是她心裡已經開始動搖。

直到新新要出發去香港前鼓起勇氣問他：「你在那邊是不是已經有另一個交往對象？」灣仔停了五秒說：「……對。」

這個「對」字，讓新新當場愣住。當初灣仔說遠距離戀愛見不到面、疫情見不到面都不會影響到他對新新的愛，因為他要把新新娶回家啊！

新新瞬間無法呼吸，八年的感情！她一直在等著他準備好娶她，原來他早就有了別的對象。

「所謂的信任，如此不堪一擊。」

「你有別人為什麼還要一直騙我？！我說要去找你，你還說好！」

「因為我不知道怎麼拒絕你，畢竟你一直在等來找我這一天。」灣仔回。

「你知道嗎？如果我到香港後，你才願意告訴我事實，我可能會直接在香港大樓跳下去！我可以原諒你，你跟她分手，我就不介意，我們八年的感情，你怎麼能說放就放呢？」新新精神崩潰哭著說。

「對不起，我是個差勁的人，希望你未來能找到更好的對象。」灣仔愧疚的說。

「原來只有我以為我們很相愛，原來你早就愛上別人，我覺得很噁心，是我太高估自己在你心中的地位了。」新新面無表情冷笑回應。

「見不到面的感情，就像握在手裡的散沙，輕輕一鬆就散。」

她傻傻浪費了八年的青春，我再次見到新新時，她變得好消瘦，眼睛裡透露著好悲傷好悲傷的神情，我到現在都忘不了那雙眼睛，因為她之前是那麼陽光快樂的人，就算遇到挫折也都能調整好自己。我抱抱她，我知道那樣的痛，是無法短時間癒合的。失去至親的痛、被最愛背叛的傷，失去了生命意義的感覺，就像停不下來的跑馬燈，每天播放，猶如刀子不斷刺進心臟，卻又死不了的行屍走肉。

有時候生命讓你失去一些東西，就是為了讓你再獲得一些東西，不會讓你一直失去，也不會讓你一直傷心。是要讓你懂得，很多東西不是努力就可以一直擁有；也不是擁有了就不會失去；也不是失去了就不會再有更好、更適合的。

要你學會不要全盤賭注在一個人身上，風險太高。因為習慣會變、距離會變、心會變，太多變數無法預料，也不能保證對方說到做到，能相信的人，只有自己，最強大的後盾也是自己。

你失去了把你狠心丟棄的人，他失去了把他視為全部的人，你沒有損失。

painwords.yan

...

忘記了所有人，

唯獨記得我。

我在澳洲度假打工時待了整整兩年都沒有回國，這期間家裡發生一件大事，還好最後平安圓滿，不然我會因為家人沒有及時告訴我這件事而遺憾終身。

回國後哥哥突然跟我說：「欸！你知道嗎？你在澳洲的時候，爸爸在浴室跌倒撞到頭，送醫醒來之後誰都不記得了，那個時候我們超緊張的！」

我聽到後心抖了一下，怎麼沒有告訴我！

「怕你擔心，從澳洲趕回來，機票不便宜啊。」

「怎麼可以這樣？老爸只有一個耶！萬一有什麼閃失，怕我擔心，我錯過了什麼重要的事？我真的會難過一輩子欸！」我呼吸緊促的說。

哥哥接著說：「沒事沒事，那時候醫生說爸是暫時性失憶，然後好好笑，我們全部的人都問老爸記不記得我們是誰？他都回答：『你是誰？我不知道你們是誰？我為什麼在這裡？』連老媽問他，記得她嗎？他都說：『不記得。』不管是姑姑還是我、還有其他堂哥都說不記得，我們都很苦惱不知道怎麼辦？

「老媽突然拿出你的照片給老爸看，問他認不認得你是誰？結果出乎意料，他回答：『……是宣宣！』老媽繼續問他宣宣是誰？老爸沒有多做思考回答：『我的寶貝女兒……！』我們全部嚇一跳，所有人他都忘記了，你在他腦海還是屹立不搖耶，老爸真的很愛你。慢慢的，他才開始記起所有人，老媽還因此非常吃醋，老婆比不上女兒，但還是讓大家鬆了一口氣，至少他還記得你。」

原來是我喚醒他的記憶，他是那麼深刻的愛著我、寵愛我，在他心中，我就是他的小棉襖，就算長那麼大，他還是一如既往把我捧在手心上，突然一陣鼻酸，我跑進他房間，用力緊緊的抱著他：「還好你一切都好，沒有出什麼過大的意外狀況，不然我會自責一輩子，沒有第一時間回來看你，真是嚇死我了……」

爸爸拍拍我的背：「又不是什麼大事，我現在還不是好好的。」他笑笑的說。

「**原來愛的確可以喚醒一個人。**
都是因為刻在骨子裡的『愛你』。」

國中的時候，爸爸為了賺錢，從事貨運搬貨，時常受傷卻不讓我們知道，有一次搬貨被石油桶砸到腳的大拇指，直接血肉模糊，大拇指都扁掉了，他回家時也只是笑笑的說：「沒什麼事，不是什麼大事，被石油桶壓到腳流一點血而已啦！」

我們逼問後，他才說是被三十公斤的石油鐵桶壓到腳。聽到時心好痛，覺得爸爸好辛苦，為了我們、為了家，做粗工從不喊苦累，就算受傷也是樂觀笑著說：「說不痛是騙人的，但還好，就是跛腳一段時間，哈。」

那時我就決定，等我寒暑假時，就去幫忙他搬貨。當我開始體驗他從早到晚的忙碌，一整天真的是累成狗！沒想到這僅是他一天的日常工作。我也因此曬黑變得有肌肉，在幫他工作的時候也會被貨物刮傷，就算如此，我還是堅持幫忙，因為我只有寒暑假才能幫他，平常他一個人有多疲累。

爸爸為了獎勵我，會帶我去吃不便宜的餐廳，他是對自己很差，對愛的人很大方的人。

「偶爾吃一頓好的，不要替我心疼錢包。」

他謝謝我體諒他的辛勞，也謝謝我願意犧牲寒暑假的時間，沒有出去玩樂，陪他早出晚歸的搬貨。

跟爸爸相處很像朋友，我在被媽媽罵或者不開心時，會躲進房間裡哭，爸爸會默默進來房間開導我，甚至逗我開心。就算唸書時我堅持想報考藝術學校，跟媽媽鬧革命，他還是會站在我這邊替我講話說：「她就想讀這間學校，讓她去讀沒關係。」

那時學費很貴，我還是任性想要就讀藝術學校，現在想想好不成熟，老爸做粗工才有高薪；老媽從小為我們兼三份工，好不容易熬到升職加薪，升到證券高層，好不容易考了二十幾張證照，她工作那麼累還要唸書考證照，但她堅持到底、不服輸，才有屹立不搖的位置。兩個人都以不同的方式在愛著我們。

小時候不懂的，長大後願意釋懷，媽媽脾氣不好、講話不好聽也都是因為情緒上來、壓力太大，除了這一點，也沒讓我們吃過什麼苦。

「年少時總會埋怨父母，
長大後，才知道他們的愛有多彌足珍貴。」

感謝爸爸一路走來對我正向樂觀教育，就算叛逆期，跟媽媽吵架、反抗心重，他也會幫媽媽講話，讓我知道，現在得來不易的生活，都是她奮鬥努力撐過來，我們才有現在。

他不會去誇獎自己也有功勞，只希望我們不要誤解老媽，他給的愛好深厚、好顧全大局，自己被罵或被講難聽話他都可以忍受，但我們不能對老媽有埋怨心，要記得她是偉大的。

低調奉獻所有，不邀功，總是默默守護我，他是我的爸爸，我的守護天使。謝謝你，堅強又健康的活著，讓我還能繼續撒嬌被你寵愛。

painwords.yan

不喜歡講話，

就要被貼上不合群的標籤嗎？

我們很多時候容易用第一眼印象去看待一個人，不管是學校或職場，就算我們不了解他／她，還是會習慣性先入為主。

「問他什麼都不講話，是啞巴嗎？」
「好沒有禮貌喔，是不會打招呼喔？」
「好不想坐他旁邊，髒髒的感覺沒洗澡。」
「臭臭的味道，一定是他身上的，好噁心。」

有些話講出來太傷人，但從不覺得自己傷人，認為只是「陳述事實」。

「霸凌者都覺得只是『剛好』而已。」

我國三時，班上轉來一個女轉學生，頭總是低低的，頭髮短短捲捲的，制服很皺，還容易流鼻涕。跟她講話，她會不自覺下意識看地上，不見得會回答，兩隻手交疊在一起，一直摳手指，非常沒有自信。

因為她的自卑受到班上許多同學的排擠，覺得她看起來整個人髒髒的，一定不愛乾淨，班上有幾個男生、女生像小老大一樣的壞學生，覺得自己很威風，以欺負弱小為樂，每天都想辦法要欺負她。

「欺負」的極致，我現在想起來還會有難受到無法呼吸的感覺。

他們在她課桌上放尿杯、把她的課本撕爛、踢她的椅子讓她摔在地上、或者言語羞辱她：「頭髮那麼黏，是黏到鼻涕喔！我拿剪刀幫你剪頭髮！哈哈。」把她當玩具，她沒有說話，只是默默流淚，也不知道要怎麼擺脫。

結果他們真的拿剪刀剪她的頭髮，把她的頭髮剪的坑坑洞洞的，讓她當場大哭，只能無助的握住被剪下的頭髮。

「霸凌弱小，不會看起來比較高尚，
反而會顯得喪心病狂。」

羞辱情節甚至比電視劇更誇張，在那個沒有3C的年代，沒有人敢出面幫她講話，也沒有人敢阻止那些惡人的行為。

起初我覺得為什麼她都要被針對，她髒髒的怎麼了嗎？她愛流鼻涕就是不愛乾淨嗎？頭髮黏黏的，有礙到誰嗎？還要被嘲笑。衣服皺皺的，那也是她的自由，說不定她們家沒有可以燙衣服的工具，可能家境不好，無法看起來乾乾淨淨；也有可能是她心裡生病，導致她沒自信、封閉自己，不在乎外表。

好幾次我受不了，她被欺負推倒，我過去扶她起來，告訴她：「你沒有錯，是他們不好，如果真的很痛苦，不要忍，讓老師知道。」我那時不知道，如果她去告狀可能情況更糟，所以她也沒有勇氣去。

我其實很少管事，直到那天，看到她握著被剪下的頭髮，我無名火上來，直接跟那些人說：「剛好就好了，這樣有點太超過了，沒必要這樣欺負她，你們再這樣超過，我會直接告訴訓導主任。」他們才不甘願的放過她。

我抱抱她說：「對不起，讓你受傷了。」

那時她看我的眼神，我一輩子都忘不了，**好像是感謝我願意為她挺身而出；也好像是她這樣的人，還有人願意理解她、靠近她。**

我沒有看過她說過話，那天她看著我，顫抖著對我說聲：「謝謝你。」

心突然有種絞痛感，覺得我做得太少，讓她一直以來忍受這些不友善、不堪，卻無法再為她做些什麼。

那一天之後，她再也沒有來學校，好像人間蒸發了一樣。

老師說她家人來辦理休學時，沒有帶什麼情緒，也沒有想要揪出霸凌者，好像對於女兒被霸凌已經習以為常，就這樣無聲的離開。

「互相包庇、無人管束。犧牲自己，委屈硬吞。」

那時候學校的風氣，連老師都會被壞學生罵哭，惡人當道，父母也不想多事，只好摸摸鼻子走人。雖然我不是被欺負的當事人，但還是忍不住哽咽，泛紅眼眶。每當看到被霸凌的新聞時都很難受，有人還拍攝霸凌影片當作炫耀，面目可憎，罪大惡極。

祈禱世界上再也沒有因為霸凌而走上絕路的孩子，不要再讓受傷的靈魂，選擇做傻事或像老鼠般活著，每天猶如地獄一樣，受盡折磨，不見天日。

雨過不會天晴，造成的傷疤，會在夜裡無限放大，
陰影肆虐，日復一日都像落水，無法上岸。

任何霸凌者，總有一天，強壓在別人身上的痛苦，一定會回到他自己身上，「報應」絕對會在措手不及的時候發生，會比當初更慘、更重，我一直都深深相信因果報應，所以不要做傷害別人的劊子手。

如果現在你正處於被霸凌或朋友被霸凌，撥打教育部二十四小時反霸凌專線「1953」，幫助自己、幫助朋友，讓他們有出口可逃。

要去舒服的地方躺著，
不要在不舒服的地方觀望，
你的存在，就是那份價值。
不需要對任何人交代與被任何人拿來做討論。

painwords.yan

...

要找一個願意花錢在你身上的人，
不是花每一塊錢都錙銖必較的人。

「一句道歉很難嗎？」她心碎的說。

「道歉？我為什麼要道歉？」他強硬的說。

小米搞不懂，為什麼每一次爭吵，男友都是態度堅決，兩個人吵架總是不歡而散收場，也從來等不到男友的低頭。小米開始懷疑當初執著、發瘋堅持要愛的這個人，是不是不合適？

男友小渣個性比較大男人，瘦瘦高高戴著木框眼鏡，他處事嚴肅、得理不饒人的個性，做什麼事都要占上風，才覺得自己有面子，尤其是特別愛數落小米：「你穿這件很俗耶！」、「不看看自己幾兩重，還想要買名牌包？」、「你推薦的店都很難吃，都不知道你吃什麼長大的！」字字句句都一定要接著難聽話才肯罷休。無事不挑剔，每次都會被小渣的言語刺傷，小渣卻認為這些話沒什麼，是說明事實而已。

「習慣用言語挑三揀四的人，不管多普通的一件事，都會被羞辱到變成不普通。」

以心理學的角度來看，通常講話越難聽的人，內心越自卑，選擇用刺傷別人的方式，隱藏自己的沒自信，透過貶低別人，達到心裡滿足，這是一種缺陷。

除了講話不好聽，小渣還不大方，每次約會都要算得一清二楚，還不斷強調自己為小米花了多少錢。好不容易出來約個會，開車出門沒有停車位，他寧可繞一、兩個小時找路邊停車省錢，都不願意開進收費停車場，讓時間一點一滴的流逝。

小米受不了直接說：「停停車場吧！這樣繞圈找車位，很浪費時間，停車費我出。」

小渣高興的說：「早說嘛！你要付錢當然沒問題。」

小米默默在心裡嘆氣，想說算了，難得出來約會還是不要掃興吧！好不容易到達餐廳，小渣又開始百種挑剔，「這種店根本是斂財吧！東西那麼少，還那麼貴！一盤菜少少的也要一百五，我們家那邊熱炒的青菜才五十元而已，都不懂為何要來吃這種店？我不想付這個錢。」

小米按耐情緒說：「這裡是餐廳不是熱炒店，況且這間店價格已經算是實惠的了，裝潢好氣氛佳，我們難得約會一次，不要掃興嘛。」

小渣不耐煩的回應：「你以為你是公主嗎？笑死人了，沒有公主命卻有公主病。」

小米終於爆發了：「我真不知道當初看上你什麼？怎麼會喜歡你這種不

顧別人感受，自以為是的人！我真的受夠這一切了，每次見面都是我去找你，你沒有一次找過我，每次跟你出去也都是我付錢，不合你預算，就要斤斤計較，連五元都要跟我算得很清楚。我對你很大方大度，是因為我愛你，但最讓我難過的，是你從不懂尊重我，你都高高在上、鄙視著我，小氣就算了，講話還難聽，在你身邊得不到任何一點愛的感覺，更沒有為我花錢。明明在我不開心時，只要哄哄我就沒事了，但你都不願意去做，說一句道歉或放軟態度，好像會要你的命一樣。我累了，分開吧。」

小渣不甘示弱的說：「說那麼多！分就分，我也不稀罕，你會後悔的！最後你還是會回來求我！」然後轉身離開，頭也不回。不知道在自信什麼的普信男……

小米終於看清了，這個她愛了好久的男人，就算她說了再多內心話，對方也只在意他自己想聽的、想說的，從來沒有打從心底在乎過小米的心情與低落的情緒，好自私！

她才發現，原來不愛了，說的話字字是刺，也好在沒有繼續拖著，結束了苦撐已久的感情，幫自己上了一課。

「不要想去改變，從不想要改變的人，他從沒有想要改啊，那他怎麼會去執行呢？」

談戀愛最基本的就是要開心啊，如果長期都處於不開心又失衡，那就別再繼續委屈下去。惡人自有天收，他對自己感到滿意高傲，那就跟他自己談戀愛吧！沒有人需要忍受感情中的冷嘲熱諷，或是情緒PUA，委屈也得不到憐惜，放生吧，也放過那個拚了命也想不到他好在哪的你。

親愛的，還會有下一個，

還會有那個你穿什麼他都好喜歡的人；

去哪都捨不得你花錢的他；

在意你的感受，願意道歉的另一半，

想把你捧在手心裡，給予滿滿的愛。

不要跟小氣的人在一起，
他會一直介意在對方身上花了多少錢，
什麼事都要斤斤計較，不斷的情緒勒索，
只想著自己的付出，卻沒想過對方為自己付出了多少。

要找一個對自己大方的人在一起，
就算他口袋裡只有十元，
也願意把十元都給你的那個人。

要找一個願意花錢在你身上的人，不是花每一塊錢都錙銖必較的人。

painwords.yan

...

不講出來，

沒有人會懂你在想什麼。

我有一個客人，和另一半在一起十多年，結婚三年，孩子已經兩歲，看似人生勝利組，卻隱藏著很多不開心與壓抑。男生一直是大家眼中的好好先生，脾氣好，沒有看過他發過脾氣。

「婚姻是什麼？是扛著千斤重擔，還要笑笑的撐起這個家。」

男方在家中常常擺臭臉，他不開心時，問了也不說，一直喝悶酒，與在外的形象落差大。有一天他喝了一些酒後，對妻子說：「我對你淡了，分開比較好。」一頓時間，女生覺得他知不知道自己在說什麼？現在他們不是在戀愛，已是步入婚姻，怎麼可以說出那麼不負責任的話！

女生崩潰找我算牌，我看到塔羅牌面上說出男生的問題：「太壓抑了，什麼事都放在心裡面，久而久之當然生病。長時間為了金錢，覺得為何別人可以過他嚮往的自由生活，他卻每天只能賺錢，依舊覺得錢不夠用，煩惱每個需要錢的日常，日復一日的循環，無法解套，也找不到生活的熱情，什麼事都限制了他，人生非常不快樂。也覺得你不體諒他，你是不是很久沒有誇獎他了？」

她想了一下：「是真的蠻久的……」。

其實每個人都需要情緒價值，他為了這個家努力付出時，也需要得到稱讚或告訴他，**這個家有他，你真的很幸福**。都說婚姻是愛情的墳墓，因為原有的熱情跟激情，都會被現實裡的柴米油鹽醬醋茶，種種瑣碎積累，壓垮最後一根稻草。

「他的個性比較悶，每次問他什麼都不說。我不介意他賺多少錢，我覺得現在這樣也很幸福，但他又很愛面子，有時候說話也會傷人。」她盡力想要了解他的內心，但怎麼問他都不願意開口說。

「單向溝通是死路；雙向溝通才能轉圜。」

如果想要對方了解你，就直接說出來，你心裡舒坦了，對方也能即時反應你不開心的原因，這樣才有雙向溝通，而不是一直放在心裡，等到最後壓抑不了，爆發了，才覺得是對方不懂你、不體諒你，不管是男是女都一樣。

維繫一段好的關係，不要常常讓對方去猜測你的心思，如果對方猜不到，就會覺得對方根本不了解你，繼續悶悶不樂。但這不能解決問題，只會放大問題，甚至到不可收拾的地步。

「他之前說要離婚。我一直問他，那你何時要離？」女生生氣的說。「結果他面無表情的說：『再看看吧！到時候再說。』」

「他其實沒有真的要離婚，人都有情緒的時候，說話難聽了卻收不回來，又礙於愛面子，不願意道歉，在他找不到抒發出口的時候，你又咄咄逼人的問，這樣很容易弄巧成拙，因為沒有給他台階下，只好走向離婚這條路。」我語重心長的讓她明白。

「他對於現在生活覺得無聊，沒動力，你們以前應該常一起出去玩吧，原本兩個人的時間，現在變成三個人的世界，生活裡都是小孩，沒有火花。應該要找回你們原本一起喜歡做的事，不用太難達成，至少可以一起完成的共同興趣。」我再次補充，希望他們能好好的。

兩個人都不容易，沒有哪一方是輕鬆的，在感情中，不需要較勁，也不用誰喊的比較大聲，誰就是贏家，你贏了面子，輸了明明很不想放手的她／他，兩敗俱傷。

在愛的人面前，服軟有何不可？都是第一次走入婚姻，為人妻、為人父，都在摸索學習怎麼經營家庭，都很生澀，沒有人一開始就可以做得很好。爭吵在所難免，誤解也能理解，但不能因為爭吵，吵掉誓約，遺失說要一生守護的那個她／他。

婚姻不該是墳墓，而是愛情延續的歸宿，別忘記了兩個人當初是多相愛才想要結婚，也別忘記談戀愛有聊不完的話題，結婚後更要保持聊天的習慣，不能因為有小朋友的出生，變成各做各的，不過問彼此。

每個人都有情緒，
如果那份情緒傷害到你愛的人，
請好好對他說聲：「抱歉，我不是故意的。」

不要因為拉不下面子，
做出一生都會後悔的事。

painwords.yan

...

你用盡生命為他點亮，

他毫不留情的轉身離開。

小鹿是我在某一天隨處逛逛，逛到她開的店所認識的女孩，這間店充滿藝術文創氣息，二樓是一個展覽空間，專門販售與展出藝術家作品的畫廊，一樓則是販售不同藝術家的週邊文創小物，供人挑選收藏。

小鹿的職業是插畫藝術經紀，透過聊天覺得她是一個很真摯，充滿熱情、對事情堅持努力不懈的人，為人謙虛不好大喜功。她在講解展覽導覽時，非常有魅力，能讓人快速了解主題與想要傳達的理念，了解每幅畫所展現的深層思維。

「每個小眾藝術家，都像是埋在土裡的珍寶。」

聊天過程中，聽到她對旗下插畫家的讚美，那個眼神充滿自信，自豪自己擁有他們。因為小鹿看人眼光獨到，總能在還沒有人看見插畫家優勢與他們自身粉絲數不高時，精準相中，當他們的伯樂，拉他們一把。希望讓更多美好的藝術作品走入大眾視野。

只要看到自己帶領的插畫藝術家，流量越來越大，粉絲數越漲越高，她就很欣慰，表示他們受到更大的肯定，也不用像以往還沒有名氣時，有一餐沒一餐的過日子。她一直不斷的跟業主廠商推廣他們，不是想要自己好，而是想要「一**起好**。」

但時間拉長後發現，原來這一切只是自己「自得其樂」，她旗下簽了幾名藝術家，到頭來人紅了，迎來的卻都是背叛。藝術家搞消失、IG發文宣傳要發不發，讓她很難交代，後來才知道原來對方已經另起爐灶，自己開了公司，還把之前所有給他的人脈都拿走。

「你為他做了好多好多，

他不帶感情的說：『是你自己要做的。』」

你成就一個人，讓他發光發熱，在他沒有名氣的時候，你想盡辦法讓他有光芒，鋪了好多路、讓他認識了更多人，連賣畫的分潤都是八二分，只希望他能多賺一點，自己少賺完全不在意。當他開始被大家看見，開始有熱度，卻忘記這一切都是你給他的。

「我的情緒很重，你的反應很輕。」

「這個展是你的名字，你的網路平台也至少積極曝光一下，我對廠商也比較好交代。」小鹿苦勸著說。

「知道了。」藝術家敷衍的回答，沒有想要執行，也沒有要宣傳，一副擺爛的態度。

「我知道你最近很忙，但這是你的個展，我很用心幫你推，但你自己不推，這個展會變得沒有意義。」小鹿還是希望能讓他積極一點。

「最近錢還夠用嗎？可以吃飯嗎？」擔心他錢不夠用，還在替他著想。

「夠啊！沒問題啊。」藝術家輕描淡寫的回答。

最終藝術家故意擺爛到跟小鹿的經紀約走完，然後私下把全部業主與資源搶走，偷偷自立門戶，想要全部自己賺。原本是一張白紙，在紅了之後，個性與想法都會改變，也不會記得當初是誰把他從泥濘中解救出來。早就變成自私自利、利益優先，不顧恩情的叛徒。

「帶人向陽，被人陰暗。」

「我已經看到我老了之後，一無所有的樣子。」小鹿深深悲傷的說。

小鹿那天很傷心的說：「我做插畫家經紀已經十三年，從原本底下有十二個藝術家，到現在剩下四個藝術家，這次走完跟他們的經紀約，我以後可能就不會再當經紀人了，突然懷疑自己從以前到現在都做錯了，幫助他們的方式不對，我抽成抽很少，還是被當成我賺很多，才會讓我變成現在這樣。與其未來還會繼續被背叛，倒不如就由我自己決定結束時間。」

看著小鹿難過的說著這些話，好心疼她，明明是一個那麼熱情在藝術領域奉獻的人，現在居然自我懷疑。

她沒有做錯，只是太願意給別人機會，想要幫助那些熱愛藝術卻苦無機會被看見的人。她很偉大，雖然這些人在被捧紅後都讓她失望，她還是願意保持良善：「那表示我看人眼光很準啊，大家才會喜歡他的作品，雖然人品不佳……」

在滿心的失望中，還能苦中談笑風聲，對人性感到絕望，還能勇敢的面對醜陋。黑色幽默，是一種對自我的調侃與豁達，也是自我救贖的解套。

每次辦展覽，小鹿都只收二十元門票費，讓人毫無壓力的收費，看展超佛心。謝謝有這樣的人堅持走在這條路上，我們才能持續看到更多好的藝術家作品與想傳達的訊息。從這些展出的作品中得到療癒和成就感，我想這也是小鹿持續想要做下去的動力吧！好喜歡這個空間，希望大家都可以多多支持這樣的活動。

致敬每個領域堅強不放棄的勇者。

▒

你把快樂留給所有人，唯獨忘記留給自己。

想黑化，卻狠不下心，還是願意相信「人性本善」。

不扭曲、不張揚、不訴苦，靜靜的等待未來被拋下的樣子。

付出所有，換不回一句感謝，而那些背叛，還是無可避免的出現，

即使如此，仍舊謝謝自己當初看人的眼光，使他發光。

painwords.yan

...

總會等到一個人，

溫柔撿起你的支離破碎。

餅餅是我在澳洲蔬菜工廠認識的朋友，那時候我還沒有在當地買車，因為當時打工競爭激烈，極容易被裁員，剛進公司的我膽戰心驚，我跟她都是台南人，同鄉的感動在異地顯得格外珍貴。

「你沒有車，我有車，我可以載你上下班。」餅餅熱心的說。

「真的嗎？太謝謝你了，之後工作穩定了，我就會買車！」我感動回應。

我們擁有革命情感，之前她談了一段十幾年的感情，被傷得很重，彷彿自己不值得被愛，只能被丟棄、被踐踏。她想換個地方療癒情傷，才會離開台灣來到澳洲，轉換心情工作生活。

現在的老公是在她住的share house裡認識的，原本她老公再兩週就要搬走，剛好這時餅餅新搬進來住宿。天雷勾動地火，有時候緣分要來，擋都擋不住。請相信，老天讓你離開一個人，不是對你殘忍，而是想要讓更好的人走向你。

如果再晚一點，他們就不會相遇；

再晚一點，他們就會錯過，可能不會有現在美好的幸福。

很多事注定會遇到，便不會讓你空手而歸。

男生知道餅餅過去的傷害，從那一刻開始，他就決定，從今以後，不會再讓她受傷，會一直保護她，他也信守承諾，說到做到。

他很會煮飯，每天早中晚，都會做好吃的便當或一桌好菜給餅餅吃，幫她穿鞋子、穿外套，呵護備至，每天都很勤奮工作賺錢，只想要給她買好的、用好的，日復一日，對餅餅超級專一，那時候我們都超羨慕她，也會一起吃她男友為她準備的便當，他的廚藝只能用大拇指表示。

「有時我們吃的並不是食物本身，
而是滿滿的愛與體貼，難能可貴。」

直到現在，他們認識十年，結婚四年，男生對她的愛，絲毫沒有減少，一如往常，一切都像昨日發生一樣。離開澳洲後，或許遇到諸多辛苦的現實層面與不開心，但都從來沒有影響和動搖過她老公對餅餅的愛。

男生從小家境有些經濟壓力，什麼都要靠自己，所以只能能有賺錢的機會，他都會非常努力去做，從不喊累，一心希望讓餅餅幸福，不想讓她跟他過辛苦的日子。

我印象最深刻他說過的一句話：

「別人有的，你也會有。你不用羨慕別人，我什麼都會讓你擁有。」

聽了好動容，有多少人能做到這一點？餅餅說：「其實我不用他這樣證明，因為他給我的，已經是他的全部，我很滿足了，不想他那麼辛苦。心裡會心疼，他怕我跟著他吃苦。但我不苦，能遇見他，已經是老天給我最好的大禮物。」

「我看見愛情最美好的樣子。互相體諒、彼此珍惜、從不覺得理所當然。」

有些人時間一拉長，就忘記當初相愛的初衷，也忘記說過的承諾與約定，遇到事情就放棄，根本沒開始一同面對問題，就結束了。

愛情要走得長遠，其實不困難，要看彼此怎麼看待這段關係，有沒有每一天都想要繼續愛下去的堅持，就算吵架，也吵不散，道歉再和好，委屈就擁抱。沒有說不開的結，打不開的心。

想起了一首歌〈從前慢〉：「從前的日色變得慢，車馬郵件都慢，一生只夠愛一個人……」

愛不是膩了就換、壞了就丟，要學會「修、整、養、護」，大多數人都懂，但總是學不會。不要等到失去了最愛，才後悔莫及，人生無法重來，愛也無法失而復得。

希望看到現在的你們，還能夠繼續相信愛，過去跌跌撞撞、失去再愛的勇氣，一定要相信在未來的路上，有那樣一個人也等著你跟他會合，手帶著皇冠，為你戴上。**他不在意你的過去，只想讓你的過去，完全過去。**

painwords.yan

不是什麼改變了，

而是，你已經不是從前的自己。

從澳洲回國後，我非常懷念之前在商場吃到的海鮮披薩，回國沒幾天就迫不及待去買來吃，結果我覺得吃起來味道非常普通，甚至一點也不驚艷，以為我是不是味覺出現問題，還去問我朋友說：「好奇怪！披薩怎麼變那麼普通？一定是偷工減料！」結果我朋友說了一句讓我醒悟的話：「其實披薩味道沒有變，是你變了。」

我聽到的當下非常震驚，她說我沒去澳洲之前，吃的東西有限，也僅限於在台灣，所以那個美味，是我在台灣既定印象的「好吃」。

以前我覺得披薩好吃，是因為我只吃過台灣口味，但當我不經意品嚐過國外多種口味披薩時，就已經不知不覺有了「比較」，間接的被潛移默化了。原本其實只有六十分美味的披薩，因為沒試過其他的，就覺得它有一百分；但當我實際吃到一百分美味的披薩後，再回來吃六十分的披薩，自然落差感會變大。原來我已經不是以前的自己了。

不是說以前認知的東西不好，而是你沒有去嘗試、去發掘過新的事物，怎麼會知道原來人生還有更多可能性，更多以前想都沒想過的經歷，讓自己獲得意想不到的知識與冒險。

就像談感情一樣，一直執著在一人身上，覺得人生非他不可，
但有沒有可能是你自己設限，
不願意給自己多看、多觀察其他人的機會？
說不定幸福很寬廣，只是你不願意跨出自己設限的框架。

原本以前很在意的「潔癖」，在澳洲農場工作後被抹掉，強迫入境隨俗。

原本以前很不能接受「突然分離」，但在澳洲時不時都在離別，面臨可能一說再見，這一生就不會再見到的關係，久而久之漸漸淡然。

原本以前很討厭「計畫被打亂」，到了澳洲卻常常有計畫趕不上變化的事情發生，只好去接受並學會冷靜處理。

原本以前在台灣「容易壓抑，不容易說出心裡話，比較容易煩惱不開心」，在澳洲反而能盡情放開自我，享受每一個放空與自我對話的時刻，

這些都是在澳洲生活教會我的事情。

原來真的不能一直在原地看世界，當我們離開原地，走出舒適圈，心態轉變，接觸的事物多了，眼界開了，可以接納更多元的人事物，才能讓你的人生有不一樣的轉變。

你會突然發現，你以前很喜歡吃的店，味道變了；喜歡喝的飲料，突然不想喝了；喜歡玩的遊戲，也不再吸引你；喜歡逛的店，一點購物慾望都沒有；喜歡蒐集的公仔，失去了收藏的衝動；以前哭得很慘的韓劇再看一次，居然覺得劇情很不合理也哭不出來。

面對這些改變，你可能會覺得自己是不是生病了，其實不是，只是你已經不是當初的自己，你會因為很多遇到的事情、看過的風景、接觸到的人，而有所改變，這都是成長的歷程，也代表人生的每一個階段，想要的、喜歡的都會隨著每個不同的經歷而轉變。

我很常說的一句話：有時卡住的，不是你的遭遇，而是你的心境，當你放寬心，一切都會自然遼闊。就像愛一個人，你抓得越緊，他放得越鬆，但當你不抓了，是你的，他自然會跟你十指緊扣。

好的感情，不用一直拚命追逐去獲得，會在你身邊的，就算你什麼都不做，他也不會走。

painwords.yan

有些人，值得你拚了命的去守護。

真摯的愛情是，打從心裡的為對方心疼。
無條件想要讓對方變好、更好。

阿單跟小林是我認識許久的情侶，每次聽他們的愛情故事，都會讓我慶幸，還好他們遇到了彼此，蛀了很久的爛牙還是會有被根治的一天。

阿單以前情緒很容易煩躁，無法透過任何方式改善的時候，就會想要做傻事來忘記一切，每次小林發現時，都會緊緊抱著他，安撫他的情緒失控，告訴他：「只要能活著就會有好事啊，世界還有很多的美好，等我們一起去看！」然後拍拍他的背，讓阿單破裂的內心，得到歸屬感。

小林的安撫就跟特效藥一樣有效，由於阿單之前經歷了被人情綑綁的窒息壓力，長達數年，因為阿單太重視「人情」，導致他每次因為人情，而讓自己壓抑痛苦到想要結束自我生命。

我相信很多人都會因為重感情，變相的不得不接受對方的情緒勒索，無論是家人、老師、朋友、同事、老闆，久而久之，面對親近的人卻無法說出真心話，明明不想接受他們無理的要求，又因為人情世故，切割不了。

阿單長期飽受這樣的痛苦，或許有人可能無法理解，為何可以因為「人情」想不開？

每個人感受程度或接收程度不一樣，沒有人知道，那個所謂的「人情」會造成多大壓力？可能大到可以把一個人壓死。所以不要用自己理解的方式去看待別人，他有他的難處，是我們無法用常理去解釋或者明白的。

「沒有參與過別人的過去，就不要擅自評論；
沒有理解過別人的不堪，就不要頭頭是道。」

小林常常耐心開導阿單，照顧他的所有情緒。阿單往往上一秒是開心的，下一秒又會落入很低潮的情況，他不想要持續這樣的情緒黑洞，前前後後無止盡的陷入想尋死的循環。小林溫暖緊緊抱著他：「**不要再想了，你還有我。**」一邊哭泣著，從未有過放棄阿單的念頭，因為小林相信，有一天她一定可以把他從「人情」的枷鎖中給鬆脫。

要多愛一個人，才能把自己的安危付諸腦後？

阿單先天體質敏感，好幾次差點被阿飄帶走，整個人失去意識，小林內心很恐慌，嚇得不行一直哭，仍舊還是抱緊阿單，把他的意識努力喚回來。

換作平常人嚇都嚇死了，小林自己明明超級害怕，卻一心只想要保護他。

「守護，不只是表面上的噓寒問暖，
更是在危急時刻能挺身而出。」

阿單除了情緒起伏比較大之外，他對小林很好，既大方又浪漫，小林喜歡的、想要的，都會無條件買給她，小林一個眼神，阿單就知道她需要什麼。在這段感情裡，小林從來沒有因為缺乏安全感而焦慮過。

「只要能讓她快樂，我就會很快樂。」阿單寵溺的說。交往多年，兩人依舊如膠似漆。

小林的家庭並不完整，從小爸爸因吸毒坐牢，早早就需要自己獨立堅強面對生活，但就算她身處逆境，也是堅持努力讓自己保持樂觀，勇敢逆襲。大學時期遇到阿單，兩個人都因為彼此而找到了生命的意義，讓枯燥的世界裡，充滿希望，想要與眼前這個人一起有未來，開創屬於他們的理想世界。

「**他們是相互安心的救贖，**
每個困境都是治癒彼此的通道。」

在小林的長期付出下，阿單最後終於克服了人情壓力，從烏雲變白雲，不再有尋死的念頭。雖然有時情緒還是難以控制住，但相信愛的能量，會把他漸漸帶往平靜、不躁動的寬廣心境。

珍惜那個願意接住你任何負面情緒的人，請用力深情、用心對待。

painwords.yan

...

嚐過被背叛的滋味，

更懂得無私給予的可貴。

去澳洲前，我和兩個好朋友一起規劃著去澳洲的城市、找落腳的地方，出發前很期待，但我英文不好會緊張，他們說別擔心，我們一起努力學習，不會丟下你的。聽到這句話我感到很安心。出發前，我意外的出了一場車禍，被機車撞飛出去，膝蓋的肉被削掉，血流不止，大姆指的指甲整個黑掉，醫生說，我可能需要休養兩個月再出發比較好，但我們機票買好了，也不想耽誤到朋友的時間，只勉強靜養兩個禮拜就出發了。

順利到了澳洲，第一站飛往雪梨，去參加同志大遊行，場面非常盛大，也開了不少眼界。但我們人生地不熟，所以步行了六個小時的路，那時我腳傷還在發炎，真是一大折磨，由於行李箱被我拖行了太久，輪子其中一顆滾了出去，那天超級崩潰！感覺諸事不順。

下一站飛往墨爾本，熟悉一下周邊環境，就開始找工作，找了很久都沒有什麼工作可以做，我們三個人要一起在同一個工作地方比較困難，都碰壁被拒絕。由於要集二簽*，我找到了一個葡萄農場黑工*的工作，對方答應我們可以三個人一起過去，從墨爾本出發到做黑工的偏僻小鎮，需要坐長途巴士，大概九個小時車程，既緊張又怕被騙，上車時，坐在我旁邊的是一個台灣女生，我看到她在看台灣雜誌，很想跟她打招呼，畢竟在異地看見自己同鄉是多麼開心的事，但還是忍住了雀躍的心情。

當巴士開到一個定點的時候，我跟朋友討論著，是不是到站了要下車？因為完全沒有經驗，也不知道是不是這裡，有點慌張，這時，坐在我旁邊的女生說話了：「這站不是你們要下的車站，是下一站唷！因為我也是那站要下車。」

「謝謝你，剛就一直很想跟你打招呼，在國外看到自己人超開心。」我當下很雀躍。

「我也是很想跟你打招呼，只是看你有點嚴肅，不太敢主動。」聽到她

*集二簽：在指定農場待滿八十八天，即可獲得澳洲打工度假第二年資格。

*黑工：不合法，領現金，每週領。白工則是薪水由銀行轉帳，會有清楚薪資條。

這樣說，才發現原來我們都想認識對方，忍不住相視而笑。

我們相談甚歡，她在白工葡萄農場工作，說如果我們有需要可以跟她說，畢竟我們做的是黑工，她也擔心我們會被欺負。下車時我們互留了聯絡方式，互道再見。

我開始黑工生涯，吃力不討好之外，錢還少得可憐，我們住的share house裡面，有幾個韓國男生不太喜歡台灣人，都會竊竊私語，用奇怪的眼神看我們，每天都處於一種很尷尬的相處模式。最不能接受的是，廁所不能鎖門，洗澡時總是讓人提心吊膽。

第一天去葡萄園工作，在四十一度高溫下剪葡萄，沒經驗的我們，只準備了一罐七百毫升的礦泉水，很快就乾枯力竭，整個人瀕臨渴死的狀態，裝水處還需要走二十分鐘的路程，真是一場酷刑，幸好我們都活下來了。幾天工作下來，天氣又熱環境又讓人崩潰，兩個朋友說他們想放棄，一刻都待不下去了，要我去跟負責的工頭說，我們三個人要離職。

那時我想說沒關係，適應不良也不要勉強，再找其他的工作就好了，我一直都把她們放在我心上。

我想著如何讓三個人能兩全其美，她們只想著如何跟我撇清關係。

她們想離開這裡去別的城市遊玩，我說：「那我們一起離開，沒問題的。」其中一人卻跟說：「我們要自己離開，沒有要和你一起，看你接下來要怎麼樣，我們都沒意見。」

當下我無法接受，**當初說得多好聽，現在就有多噁心。**原來從頭到尾都只有我在重視這段友情，我忍住想哭的情緒，看清了這個人。以為是彼此的避風港，結果是**醜陋**的友誼包裝。

那天半夜家人打電話給我，我強忍歡笑跟他們報平安，說我過的很好，但眼淚像水龍頭一樣沒有停過……不敢說我被朋友拋下在一個偏僻小鎮，來澳洲也不過才短短一個月的時間。突然間，我想起了在長途巴士遇到的台灣女生，我打電話問她說：「Joy，我可不可以去你們的農場，因為我被朋友丟下了，我現在只剩下你了……」

「機會要靠自己爭取，
有人可以幫忙，也要自己懂得開口求救。」

我不知道哪來的厚臉皮說出這樣的話，但她就像我最後的救命稻草，因為我不想就這樣回台灣，我想要證明自己，就算一個人也可以在澳洲過得很好。

她二話不說馬上幫我問她的農場老闆，隔天就順利進去她介紹的白工農場，她老闆還親自開車來接我，受寵若驚，覺得自己是什麼幸運的人？也因此因禍得福，離開了黑工農場。

心中頓時有一種，不用被誰拖累，也不用因為我而拖累誰的感覺。

那時白工農場競爭非常激烈，大家找工作搶破頭都不一定進得去，我心存感激。因為她跟老闆的關係很好，為了讓我能順利有這份工作，她跟老闆說，我是她最要好的朋友。我才有機會錄取這份工作。當下覺得自己修了多少福份才能遇見那麼無私又善良的她。

她之後偷偷跟我說：「千萬不要讓我老闆知道我們在巴士認識的，不然我就完了！」

她就像是我的曙光一樣，只見過一次面的人，就肯這樣無條件的幫助我。她是我生命的貴人，在我最需要幫助的時候拉了我一把。**有時身邊的人，或許都比不上只有一面之緣卻不求回報的人。**

當下我就跟自己說，等我有能力了，我一定要去幫助更多人。後來回國後，我真的做到我當時許下的願望。我開了很多場澳洲分享會，當過外交部的分享青年，也上過關於打工度假的節目，幫助即將要出發的人。

不管是出發前的焦慮還是父母親的緊張擔心，我都一一讓他們減緩不安情緒，讓他們知道，人生就該要有一個階段離開舒適圈，離開原本都熟悉的環境與人事物，走出去看世界被不同的文化洗禮，才能打開自己的眼界，培養遇到困境時不被輕易打倒的毅力與堅韌。

我想做的，只是想把我的經驗，讓更多人對於出發有一些警惕與建議，最重要的是實踐「我想要無條件的幫助人」這件事。

painwords.yan

…

愛情裡的「約法三章」。

有一對可愛的情侶小玉跟阿碩，有空時都會來工作室找我喝茶，我總會被兩個人可愛的互動給逗笑。小玉跟我說：「真的好神奇遇到阿碩，跟我之前向月老許願的條件都一模一樣耶！把條件列得清清楚楚，實在很有效！」

她說是看了網路上很有名的頻道，裡面教學問月老的正確方式，想不到拜沒多久後，就出現了阿碩！阿碩脾氣好、個性也好，對她疼愛有加。因此我和小玉要了她的拜月老守則秘笈，給我其他客人試試看。

阿碩是那種對自己和同事非常節省的人，買個二十五元的飲料都要想老半天，但只要是小玉喜歡的，不論金額高低，他都會說：「你喜歡，我都可以啊。」標準的省自己，寵對方的「寵妻魔人」，小玉有時會故意欺負阿碩鬧著玩，阿碩也是甘之如飴。

小玉個子小，笑起來清新可愛，牙齒白淨整齊，容易被逗笑，這樣的女孩，男生通常招架不住。他們之前有來找我占卜塔羅牌，因為之後他們要一起往韓國發展事業，小玉擔心會跟男友感情生變，即便在阿碩心裡小玉很可愛，但小玉怕他們在韓國同居後，男友對她的愛會改變，所以跟男友約法三章，制定規則。

第一：吵架一定要當天和好，也要當天解決問題。

第二：我再怎麼生氣都要幫我吹頭髮。

第三：就算生悶氣還是要問我要吃什麼？不能讓我餓肚子。

阿碩笑笑的說：「好好好，知道了。」

我覺得他們互動好甜蜜，真是霸道的約定。

會事先把可能因為吵架，而讓彼此感情受影響的因素，用這樣的形式來讓兩個人和好，是聰明的事。

愛情是這樣的，雙方都願意為彼此退一步，讓感情不會因一時情緒，變得一發不可收拾，也能因為這樣的「約定」，讓關係維持不內耗。

小玉以前感情有過不好的經歷，所以遇到阿碩時，不太有安全感，也怕他跟之前交往的男生一樣，經由阿碩不懈的努力，才讓小玉放心把自己交給他。阿碩討論事情不會硬要爭辯輸贏，遠距離也能每週不間斷的搭車上來找她，也能調整自己配合小玉吃東西的怪癖，不會有不愉悅的態度，雖然難免自言自語的說：「這個人真的很奇怪，找不到胡椒粉就不吃飯，真的是拿她沒辦法欸。」口氣上感覺在抱怨，實際上還是去幫她找尋胡椒粉，用行動證明他愛著她。

「愛你的人會關心你的健康，嘮叨你的生活作息。」

阿碩要調整她的夜貓子作息，每天疲勞轟炸碎唸她；小玉會跟阿碩在討論事情的時候，導正他一些不同立場的觀念，即便有摩擦，也可以經由討論溝通後和好。

好的感情是，不會由於討論一件小事而不歡而散，當彼此有不同的想法與立場時，都能接受並講出自己的見解與想法，好好溝通交流，沒有對錯，僅是想法有差距罷了。

他們不會由於想法不同，就否定對方，會在這中間找到平衡點，然後接納彼此想法，調整出最好的相處模式。這一點很多情侶都比較難做到，總是輕易因為價值感或者觀念不一樣，讓感情破裂、無法快樂，甚至是惡言相向。

感情經營，要是雙方的感受都是舒服的。所謂的磨合期，就是能不能在熱戀期之後，當彼此真實的個性開始出現時，仍然可以接受出現在對方身上的差異，不管是觀念或是生活習慣。要怎麼去調整，才不至於爭吵不斷？不是說強迫對方一定要怎麼改變，迎合自己，**而是找到能讓這段關係能繼續長遠走下去的「各退一步」**。

每個人都有屬於自己的戀愛模式，不管是約法三章，或是誰沒遵守要罰款都可以，只要你們都願意去遵守你們之間的獨有愛情公式，也將會是你們的愛情「攻勢」。

painwords.yan

後記

我行走在傷心的輪廓中。

走過傷心的每一個階段，像是生命的拼圖，從破裂，到一點一滴拼回殘缺又慢慢回到完整的過程。

我是炎茗。

「炎」有兩個火，代表傷心焚燒到沒有盡頭。

「茗」有草字頭，代表光禿之地還會生長出綠葉，光還是會再次照亮每一個受傷的領域。

這是我第一本關於「傷心」的書籍，我平時在網路上已經有寫過很多關於愛情比較犀利的短句，這次書籍的內容與在網路上比較不一樣，希望透過書寫的個人經歷與一些真實案例，讓大家找到屬於自己傷心時候的共鳴。不管是在愛情、親情、友情、身處的環境，還是突如其來變數、遭遇到的破裂心情。

希望在每個傷心的階段裡，能透過我想傳達的故事與經歷，給予你們一些慰藉與療傷。想透過我的文字、我的遭遇、故事，給予讀者不管是負面還是正面的喚醒。

可以走過從被欺騙到清醒的過程；可以再愛一個人與把握當下的勇氣；可以被理解、被傾聽；可以釋懷過去與放下執著；可以繼續保有不能復原的自己，不用再逼迫自己要多久才能在傷心裡好起來。

每個人都有自己的時間軸，好起來的快慢都不重要，不管是一天、還是一年、甚至好幾年都沒有關係，跟著自己的節奏與步調，總有一天，黑暗會晴朗。

一定有那麼一篇字句，能觸動你的心，好好的把傷痕累累的自己愛回來。

「人不可能終其一生都沒有用，你一定會成為另一個人的支柱。」

微文學68

你走得很快，我好得很慢

作者——炎茗
副主編——朱晏瑭
封面設計——高郁雯
書名手寫字——莊仲豪 IG @ zeno.handwriting
內文設計——林曉涵
校對——朱晏瑭
行銷企劃——蔡雨庭

總編輯——梁芳春
董事長——趙政岷
出版者——時報文化出版企業股份有限公司
一〇八〇一九臺北市和平西路三段二四〇號七樓
發行專線——（〇二）二三〇六六八四二
讀者服務專線——〇八〇〇二三一七〇五
（〇二）二三〇四七一〇三
讀者服務傳真——（〇二）二三〇四六八五八
郵撥——一九三四四七二四　時報文化出版公司
信箱——一〇八九九臺北華江橋郵局第九九信箱

時報悅讀網——www.readingtimes.com.tw
電子郵件信箱——yoho@readingtimes.com.tw
法律顧問——理律法律事務所 陳長文律師、李念祖律師
印刷——勁達印刷有限公司
初版一刷——二〇二五年一月十日
初版二刷——二〇二五年二月十九日
定價——新臺幣三八〇元

你走得很快,我好得很慢/炎茗作. -- 初版. -- 臺北市：時報文化出版企業股份有限公司, 2025.01
面；　公分
ISBN 978-626-419-136-4(平裝)
863.55　　113019586

ISBN 978-626-419-136-4　Printed in Taiwan